Erkenntnisse und Erfahrungen eines verheirateten 42-jährigen verheirateten Familienvaters rund um das Thema Swingen. Er sieht sich als „Otto-Normalverbraucher" und so geht er die Thematik auch an. Seine Berichte reichen von den Anfängen im privaten Kreis über den Einstieg in die Clublandschaft bis hin zu den Erfahrungen in verschiedenen Erotik-Foren. Trotz der zum Teil relativ ausführlichen Beschreibung bezüglich der Clubs und der Foren kommt die Erotik und der Spaß mit Sicherheit nicht zu kurz.

Auf dem gesamten Weg wurde er von seiner Frau begleitet, mit der er bereits seit 16 Jahren verheiratet ist.

W. B. Schwarz

Swinger, Clubs & Ich
Erotische Erfahrungsberichte

W. B. Schwarz
Swinger, Clubs & Ich
Erotische Erfahrungsberichte

© 2009 W. B. Schwarz
Herstellung und Verlag : Books on Demand GmbH,
Norderstedt
ISBN 9783839143155

Für Dich mein Schatz
... nur Du kennst die Wahrheit
zu hundert Prozent.

Auch diesmal schulde ich
meiner Kollegin Katja
größten Dank für ihre Hilfe
bei den Korrekturen.

Gaby, ich verlasse mich
auf Deine Beratung
in rechtlichen Fragen.
Danke auch an Dich dafür.

Inhalt

Alle hier gemachten Angaben erfolgten nach bestem Wissen und Gewissen und die Beschreibungen spiegeln nur meine ganz persönlichen Eindrücke wieder. Meine Ansichten muss selbstverständlich niemand teilen. Auch konnte ich in den letzten zweieinhalb Jahren natürlich nur eine begrenzte Anzahl von Clubs (11) besuchen oder mich auf diversen Erotikplattformen (3) bewegen. Daher sind meine Erfahrungen weder umfassend noch können oder müssen sie allgemein gültig sein. Alles was ich hier von mir gebe, ist sicher auch ein wenig paarlastig. Ich bin ja schließlich ein verheirateter Mann. Der eine oder andere wird sich hier hoffentlich trotzdem wieder finden. Wie gesagt, das Ganze schöpft sich lediglich aus meinen persönlichen Erlebnissen, die ich bis heute mit meiner wunderbaren Frau erleben durfte.

Die Namen der beteiligten Personen habe ich selbstverständlich geändert.

W.B. Schwarz

Swinger, Clubs & Ich
Erotische Erfahrungsberichte

Einleitung

Es ist jetzt 13:56 Uhr, Samstag der 20. Juni 2009. Vor etwa einer Stunde hatte ich mich kurz aufs Ohr gelegt, um mich von den Strapazen der letzen Nacht zu erholen. Jetzt bin ich wieder wach, geweckt vom Singsang meiner beiden Töchter und meiner Frau, die um die Wette grölend für den geplanten Auftritt auf der Geburtstagsfeier meiner Lieblingstante proben. Sie wird morgen sechzig und meine Frau meinte, dass sie etwas Besonderes darbieten müssten. „Mamma Mia" und „Dancing Queen" von „ABBA", gesungen und dargeboten von einer sieben-, einer elf- und einer vierzigjährigen. Besonders ist das schon, vor allem für meine Ohren. Es ist mittlerweile bestimmt der zehnte oder elfte Versuch: wer singt was, solo oder zusammen, hoch oder tief und ich bin leicht genervt. Ich habe mich gerade lautstark bemerkbar gemacht und wollte wissen, wann endlich Schluss ist. Meine Frau hat den Kopf zur Tür hereingestreckt und gefragt, ob es wirklich so schlimm ist. „Nein, nein Schatz, ganz toll, macht nur weiter - es stört mich auch überhaupt nicht." Sie hat kurz das Gesicht verzogen und dann die Tür wieder zugemacht. Draußen geht es schon wieder weiter. Die Kleine quietscht, dass ich Angst habe, dass gleich die ersten Gläser im Wohnzimmerschrank kapitulieren. Wie soll ich mich da konzentrieren. Ich soll doch mein zweites Buch schreiben. Das zumindest hat meine Frau gesagt. Das Erste ist in der Folge einer Wette entstanden. Zur Erklärung, ich war einfach das Gebrabbel meiner Frau satt, die ständig davon redete, dass sie so gerne mal ein Buch schreiben würde, aber nicht wüsste über was. Da habe ich dann gesagt: „In der Zeit, in der Du ständig davon quatscht, hätte ich schon dreimal eins geschrieben." Zack, das hatte gesessen. „Dann mach doch mal, Du Großmaul", hatte sie geantwortet. Das konnte ich mir natürlich nicht bieten lassen, also kam es zur besagten Wette. Ich kann allerdings beim besten Willen nicht mehr sagen, was der Einsatz war. Das ist eigentlich auch zweitrangig, denn das was zählt ist, ... ich hab's tatsächlich gemacht und die Wette gewonnen. Komplett fiktiv sollte es jedoch nicht sein. Also musste ich etwas finden, zu dem ich einen Bezug habe und das mit meinem realen Leben zu tun hat. So fiel es mir nicht schwer, das Thema zu bestimmen, denn das Einzige was in meinem Leben so einigermaßen spannend ist, bzw. für andere interessant sein könnte, ist unser geheimes nicht ganz normales Liebesleben. Wir gehen nämlich in Swingerclubs oder besuchen entsprechende Privatpartys. Uuhh, jetzt ist es raus, wenn das die Verwandtschaft wüsste. Also „top secret". Morgen auf der Geburtstagfeier sind sie ja alle da. Das könnte ich keinem sagen. Es wäre garantiert meine letzte Einladung und die paar Euro, die es vielleicht irgendwann zu erben gilt, wären sicherlich auch futsch. Die Onkel und Tanten, Omas und Opas und auch der ganze Rest sind halt alle recht spießig. Unmöglich ihnen mein Buch zuzumuten. Aber egal. Übrigens - im Wohnzimmer ist es mittlerweile wieder still. Ich hoffe, ich bringe meine Gedanken jetzt etwas leichter zu Papier. Naja, es ist ja eigentlich gar kein Papier, denn ich schreibe ja mit Hilfe meines supermodernen Laptops, zumindest wenn man es genau nimmt. Dann wird's gespeichert, an „BOD" geschickt und von denen in Druck gegeben. Und wenn es dann bei „Amazon" oder „Buch.de" veröffentlicht wird und einer es kauft, bin ich glücklich. Oh, das musste unbedingt erwähnt werden. Aber was schreibe hier eigentlich für unwichtiges Zeug?! Das mit „BOD" kann ich jedoch jedem Hobby-Schriftsteller nur empfehlen. Ist einfach, schnell und günstig. Die zahlen mir im Übrigen nichts für diese kostenlose Werbung. Oh Gott, ich glaub, das wird zäh. Ich komme ja gar nicht voran. Wo war ich eigentlich, ach ja bei meinen spießigen Verwandten. Ich meine, das sind alles wirklich nette und rechtschaffende Menschen, gar keine Frage, aber halt irgendwie ein bisschen langweilig. Ich bin bis auf mein „geheimes Liebesleben" ja nicht viel besser, aber genau das macht für mich den Unterschied aus. In den meisten Bereichen des Lebens bin ich nämlich Otto, Otto der Normalverbraucher. Zweiundvierzig Jahre alt, verheiratet, zwei Kinder. Als Familie haben wir ein durchschnittlich hohes Gesamteinkommen, sind durchschnittlich groß, leicht unterdurchschnittlich oft krank, wohnen in einem durchschnittlich großen Haus, das mit einer durchschnittlich hohen Hypothek belastet ist und konsumieren in etwa den durchschnittlichen Warenkorb, der für eine vierköpfige Familie von irgendeiner Verbraucher-Organisation festgelegt wurde. Eine Sache gibt es dann doch noch, die uns von den meisten Familien in deutschen Landen unterscheidet. Ich gehe nur Teilzeit arbeiten und meine Frau ernährt mit ihrem Gehalt - das sie durch die Tätigkeit im Rechnungswesen eines großen Konzerns bezieht - die Familie. Jaja, selbst im so fortschrittlichen Deutschland ist das immer noch recht ungewöhnlich und ruft bei dem einen oder anderen fragende Blicke hervor. Die Reaktionen nach ein paar erklärenden Worten reichen von Anerkennung - gespielt oder echt ist manchmal schwer zu sagen - bis hin zu Unverständnis. Ich glaube, dass selbst die Leute, die es nach eigener Aussage gut finden, wenn ein Mann familiäre Aufgaben wie Waschen, Putzen, Einkaufen, Hausaufgaben kontrollieren und die Kinder zum Sport oder Freunden bringen, übernimmt, es selbst nie machen würden. Ein echter Kerl hat doch gefälligst Karriere zu machen. Das heißt, ich muss zwangsläufig ein Weichei, ein Handbügler, ein Brustbeutelträger oder ein Warmduscher sein. Bei der Kleinen habe ich damals in den ersten zwei Jahren die Elternzeit übernommen, da hat es mich noch gestört, wenn ich blöd angeguckt wurde. Mittlerweile ist es mir Sch... egal. Es wird immer über die Ungleichbehandlung zwischen Frauen und Männern im Berufsleben diskutiert. Ich sage Ihnen eins, Männer in der typischen Hausfrauenrolle sind genauso beschissen dran. Ach Gott, ich hab ja mal wieder komplett den Faden verloren. Das sollte doch ein Einstieg in meinen halb autobiographischen Erotik-Roman werden. Ich bin mir jedoch noch nicht so ganz sicher, was hier noch alles folgen soll. Das Ganze wird wohl auch so eine Art Psychotherapie für mich. Auf alle Fälle wird es wieder mit meinem leicht exotischen Liebesleben zu tun haben. Der eine oder andere wird sich fragen, was interessiert mich das Liebesleben von Otto dem Normalverbraucher. Tja, keine Ahnung! Aber immerhin biete ich dem geneigten Leser einen Einblick in mein ganz persönliches Seelenleben und meine Gedanken, die mich beschäftigen, während ich mich in einem Bereich bewege, der für die meisten Leute in unserem Lande nicht ganz so alltäglich ist. Für Menschen, die sich auf ähnlichem Terrain bewegen, ergeben sich bestimmt einige Möglichkeiten und Momente, ihre eigenen Gedanken und Erfahrungen zu vergleichen. Da gibt's dann den „AHA"- oder „Ja-genauso-geht's-mir-auch"-Effekt. Und für die Neugierigen, die schon mal über eine Erweiterung ihres Sexuallebens nachgedacht haben, oder die Hobby-Voyeuristen unter Ihnen, ist bestimmt auch etwas dabei. Wenn Ihnen das allerdings zu platt, zu trivial ist oder sie das einfach nicht die Bohne interessiert, tut es mir leid, hören Sie einfach auf zu lesen, schmeißen das Buch in die Tonne und erzählen es keinem weiter. Ein guter Freund von mir hat übrigens genau das mit meinem Erstlingswerk gemacht. Detaillierte Ausführungen sexueller Handlungen und das von Freunden: „Das ist ja eklig", waren seine Worte. Ich hatte ihn gewarnt.

Vielleicht lag es aber auch daran, dass er schwul ist und heterosexuelle Spielarten für ihn einfach grundsätzlich abstoßend sein müssen. Ihr Geld kann ich Ihnen jedenfalls nicht zurück erstatten. Ich möchte hier noch mal auf unser durchschnittliches Familieneinkommen hinweisen. Danke für Ihr Verständnis. Bevor es nun endlich los geht, muss ich aber noch mal kurz auf mein erstes Buch zurück kommen. Es heißt übrigens „Sexual Minds" und kann unter diesem Titel für 9,90 Euro z.B. bei „Amazon" oder „Buch.de" bestellt werden. Entschuldigung! Die Werbung in eigener Sache musste ich hier leider unterbringen. Darin habe ich sexuelle Erlebnisse und Fantasien von meiner Frau und mir beschrieben. Einige Dinge sind tatsächlich passiert, andere sind reine Fiktion. Der Wahrheitsgehalt des ersten Buches liegt bei geschätzten dreißig Prozent. Als ich es geschrieben habe, war das auch anders gar nicht möglich, da mir zu diesem Zeitpunkt einfach nicht genügend unterschiedliche Erfahrungen zur Verfügung standen, um damit ein Buch zu füllen. Um auf eine einigermaßen akzeptable Seitenanzahl zu kommen, habe ich sogar persönliche Aktbilder nach jedem Kapitel eingefügt. Ich glaube, das würde ich heute nicht mehr machen. Trotz digitaler Modifikation sind wir doch noch zu erkennen und meine Frau arbeitet nun mal in einer großen Firma, wo vielleicht nicht jeder Verständnis für unser „bizarres" Sexualleben hat. So jetzt aber zurück zu diesem Buch. Ich werde einige Handlungen aus meinem ersten Werk noch mal verwenden, natürlich in abgeänderter, der wahren Form. Einfach weil sie passiert sind und maßgeblich zur Entwicklung beitragen haben, die uns zum momentanen Punkt der Reise geführt haben. Ich strebe diesmal einen Wahrheitsgehalt von neunzig

Prozent an. Hundert Prozent geht nicht. Manche Dinge muss man einfach etwas ausschmücken, ich will ja nicht, dass einer beim Lesen einschläft. Das ändert jedoch nichts daran, dass die grundsätzliche Beschreibung der Geschehnisse, meine begleitenden Gedanken und mein Empfinden der Wahrheit entspricht, der Wahrheit und nichts als der Wahrheit, so wahr mir Gott helfe – Amen. Sie sind bis hierhin gekommen, das Buch ist noch nicht im Müll gelandet und Sie haben sich vorgenommen, Ihre Zeit für diese Lektüre zu opfern.

... na dann viel Spaß.

Club und andere Dinge

Es ist noch immer Samstag, der 20. Juni 2009. Mittlerweile ist es jedoch kurz vor 21 Uhr. Das heißt, das bisher Geschriebene ist alles am selben Tag entstanden und dieses Kapitel soll heute auch noch fertig werden. Und dabei habe ich zwischendurch noch Kaffee getrunken, geduscht und um 19 Uhr zu Abend gegessen. Ich bin richtig stolz auf mich, ich bin ja schließlich kein Profi. Sonst hätten wir ja auch kein durchschnittliches Einkommen. Aber ich glaube, das hatten wir schon. Die Müdigkeit, die ich den ganzen Tag gespürt habe, ist im Moment verflogen. Habe ich eigentlich erwähnt, woher die kam? Die Müdigkeit meine ich. Na, wir waren gestern Abend im Club. Bi-Abend in der Oase in Rödermark. Der ist immer am ersten Freitag im Monat. Darf ich eigentlich den richtigen Namen eines Clubs verwenden? Da muss ich wohl mal meine Kollegin fragen, die ist Anwältin. Mein klägliches Einkommen verdiene ich unter anderem als freiberuflicher IT-Heini in einer kleinen Firma, die mit Leads handelt. Zur Erklärung, Leads sind Adressen von Menschen, die sich z.B. für einen Angebotsvergleich in Bezug auf private Krankenversicherung interessieren. Dazu haben sie ihre Daten im Internet in ein Formular eingetragen und an uns abgeschickt. Diese Adressen verkaufen wir dann an Versicherungskaufleute. Tja, mit was man alles Geld verdienen kann. Im Moment läuft das alles aber eher schleppend und da diese Firma mein Hauptkunde ist, kann es sein, das ich bald relativ viel Zeit habe, an diesem Buch zu schreiben. Und wer ist Schuld an der ganzen Misere? Ja richtig, mein Dank geht zu allererst an unsere Freunde auf der anderen Seite des großen Teichs, deren Banken mit ihrer lockeren Darlehensvergabe an wenig zahlungsfähige Hauskäufer einen großen Batzen fauler Kredite aufgebaut haben. Als zweites danke ich allen gierigen Bankern weltweit, die es geschafft haben, diese faulen Kredite in Päckchen zu schnüren und dem Normalanleger als Superschnäppchen zu verkaufen. Solange, bis die Blase geplatzt ist. Und mein letzter Dank gilt allen Anlegern, die beim Anblick einer möglichen höheren Rendite ihr Hirn deaktiviert und diesen Mist gekauft haben. Entschuldigung, wenn ich Sie vielleicht persönlich beleidigt habe, aber ich musste mir mal Luft machen. Vielleicht wird die Weltwirtschaftskrise ja noch so heftig, dass alles auf ganz andere Werte reduziert wird. Da treten Sex und Liebe wieder mehr in den Vordergrund. Die kosten nämlich kein Geld. Abgedrehte Theorie, oder?! Also: Ein Hoch auf die Weltwirtschaftskrise und ihre Auswirkungen auf unser aller Sexualleben. Zuweilen bin ich ein wenig sarkastisch. Aber was bleibt einem manchmal denn anderes übrig. Naja, vielleicht wird's ja auch nicht so schlimm. Nun aber zurück zum Thema. Sie haben es bestimmt schon bemerkt, ich bin oftmals ein wenig sprunghaft, entschuldigen Sie bitte, daran müssen Sie sich leider gewöhnen, sonst schaffen wir es nicht gemeinsam bis zum Ende. Ich werde versuchen, jetzt mal beim Thema zu bleiben.

Also wir waren im Club und haben uns mit unseren Swinger-Freunden Uli und Ralf getroffen. Sie sind wie wir knapp über vierzig, haben zwei Kinder plus einen vierbeinigen Freund, der gelegentlich bellt. Außerdem sind sie sportlich, was man ihnen durchaus ansieht. Eben ein überdurchschnittlich attraktives, sehr sympathisches Paar, mit einer gewachsenen, guten, festen Beziehung. So macht es zumindest den Anschein. Er ist Beamter im gehobenen Dienst, sie geht in Teilzeit arbeiten. Wo bzw. als was fällt mir gerade nicht ein.

Im Laufe des Buches werden Sie noch feststellen, dass der gemeine Swinger aus allen Berufs- und Gesellschaftsschichten kommt. Da ist von der Bankangestellten, dem Immobilienmakler, der Hausfrau, dem Bäcker bis hin zum Staatsanwalt alles vertreten. Ich glaube, dass sich der Hauptanteil jedoch aus der so genannten normalen bis gehobenen Mittelschicht rekrutiert. Das heißt, der Staatsanwalt fällt da vielleicht etwas aus dem Rahmen. Oder verdienen die gar nicht so viel?

Jedenfalls treffen wir uns mit den beiden in regelmäßigen Abständen in der Oase, vorzugsweise am Bi-Abend, da beide Damen diese Neigung haben und gerne miteinander ausleben. Und für mich gibt es kaum etwas Erotischeres, als zwei Frauen zu beobachten, die sich gegenseitig körperlich so nah sind. Sich streicheln, küssen und mehr.

Die Oase ist übrigens ein reiner Pärchenclub, d.h. es sind keine Singlemänner zugelassen. Das trifft für die wenigsten Clubs zu. In den meisten ist das Gegenteil der Fall. Aus meiner Sicht ist die Oase vom Ambiente und der Atmosphäre der schönste Club, in dem wir bisher waren. Das Erdgeschoß würde auch gut zu einem ganz normalen Tanzclub passen. Der Hauptanteil der Fläche teilt sich in drei gleichgroße Bereiche. Wenn man den Eingangsbereich des Clubs hinter sich gelassen hat und den Hauptteil betritt, findet man auf der linken Seite mehrere Sitzecken mit kleinen Tischen, die zum Entspannen einladen. Von dort hat man einen Blick auf die Tanzfläche und zur großen Bar, die den mittleren Bereich ausfüllen. Durch das DJ-Pult von der Tanzfläche getrennt, schließt sich rechts der Cateringbereich an. Auch von dieser Seite hat man Zugang zur Bar. Die vorherrschende Farbe ist ein warmes Orange. Das Buffet ist immer gut und reichhaltig mit warmen und kalten Speisen gefüllt. Es wird alles dafür getan, dass man sich wohl fühlt. Das Essen und die Getränke sind wie in den meisten Clubs inklusive. Der Eintrittspreis ist relativ hoch und beträgt im Moment 95 Euro am Freitag und 110 Euro am Samstag. Clubs, die Single-Herren zulassen, sind für Paare deutlich günstiger. Hier ist man normalerweise mit 25 bis 50 Euro dabei. Das liegt daran, dass dort die Single-Herren einen großen Teil der Zeche zahlen. Deren Eintrittspreis liegt meist zwischen 100 und 130 Euro. Den Paaren, die sich nicht vorstellen können, einen einzelnen Mann an ihrem Liebesspiel teilhaben zu lassen oder von einem bedrängt zu werden, denen möchte ich einen Club wie die Oase ans Herz legen. Gleiches würde ich Paaren empfehlen, die erste Gehversuche im Swingerbereich wagen wollen und noch nicht wissen, wohin und wie weit die Reise gehen soll. In der Oase kann man ungestört auch nur mal gucken und sich den besonderen Kick fürs Private holen. Für Paare die auf PT (Partnertausch) mit GV (Geschlechtsverkehr) stehen, gibt es geeignetere Clubs. Das kommt hier doch eher seltener vor.

Meiner Meinung nach sind Paare, die in Clubs mit „Singlemännerzulassung" gehen, eher offen für „echten Partnertausch." Ich habe im Übrigen noch keine Erklärung dafür gefunden, warum viele Paare OV (Oralverkehr) mit PT machen, aber PT mit GV ausschließen. Also GV sollte ja vernünftigerweise nur mit Gummi stattfinden. Das heißt, wenn ich das jetzt mal auf meine Frau anwende, dann ist zwischen ihr und dem fremden Schwanz der in ihr steckt, noch eine dünne Gummischicht. Das ist nicht viel, aber immerhin. Wenn sie aber den fremden Lustlümmel im Mund hat, um ihn genüsslich zu blasen, dann trennt rein gar nichts die blanke Haut der beiden von einander. Ist es denn nicht viel intimer, einen fremden Schwanz im Mund zu haben, als von einem gummigeschützten Schwanz gefickt zu werden!? Für mich ist intensives Küssen sogar persönlicher und intimer als geschützter Geschlechtsverkehr. Ich verstehe das bis heute nicht. Es ist wohl einfach eine Kopfsache. Wie der Weg zum und auf dem Swingerpfad ganz generell. Darauf werde ich aber später noch mal zurückkommen.

Jetzt möchte ich aber noch mal auf die Oase und deren Swingerräume zu sprechen kommen. Sie befinden sich alle im ersten Stock. Nur der Vollständigkeit halber, die Umkleide, die Spinde und die Küche sind im Keller. Über die Treppe kommt man oben auf einen Gang. Wer möchte, kann seit diesem Jahr auch die überdachte Dachterrasse nutzen. Aber nur, solange es die Temperaturen erlauben. Denn es sind zwar Heizstrahler aufgestellt, aber als Schutz gegen Wind und Kälte gibt es nur einen Vorhang aus Kunststoff. Wirklich schön ist hier die große Kuschelliege aus Rattan mit vielen Kissen. Vier Leute passen da locker drauf. Da kann man viel Spaß haben. Die ersten beiden echten Zimmer auf der rechten Seite sind die Sauna und die Duschen, daran schließt sich ein großer Raum - der in der Mitte und am Rand einen erhöhten Mattenbereich beherbergt - an. Die Decke über der großen Matte ist komplett verspiegelt. Der nächste Raum auf dieser Seite besteht aus einer ca. fünfzehn Quadratmeter großen Liegefläche, die mit einer Holzwand von einem umlaufenden Gang abgetrennt wird. In der Wand sind überall Schlitze und Gucklöcher, um das Treiben auf der Matte beobachten zu können. Im Gang ist es sehr dunkel und eng. Das ist einer unserer Lieblingsorte, da alles mehr auf Berührungen und Nähe reduziert wird. Man sieht fast nichts und plötzlich sind überall Hände und Lippen, es ist warm und manchmal ein bisschen stickig. Es riecht dann nach Sex. Eine wirklich geile Atmosphäre. Den Mattenbereich kann man auch von oben einsehen. Es gibt nämlich noch eine zusätzliche Ebene, die man über eine weitere Treppe erreicht. Mehr als knien ist hier aber nicht möglich: Deckenhöhe etwa einen Meter zwanzig. Ich möchte jetzt schnell noch die beiden verbliebenen Räume beschreiben, um dann endlich zum gestrigen Geschehen zurückzukommen. Also zurück zum Gang, jetzt linke Seite. Das erste Zimmer ist in lila Tönen gehalten. Vielleicht fünfzehn Quadratmeter groß. Es beinhaltet eine Art „doppelten Gynäkologenstuhl". Zwei Frauen können dort Rücken an Rücken sitzen, sich an den Händen halten und verwöhnen lassen. Außerdem gibt es ein lederbezogenes Brett, das an vier Ketten von der Decke hängt, auf dem es sich die Damen bequem machen können. Der zweite Raum ist orange oder sandfarben mit Bambus. Glaube ich zumindest, wir sind dort eher selten. Er ist auch etwas kleiner als der erste. Hier gibt es ein Brett oder eine Art kleiner Tisch und einen erhöhten Mattenbereich. Nach diesem Zimmer kommen nur noch die Toiletten. Erwähnenswert ist vielleicht noch, dass es auch einen Außenbereich gibt. Dort kann im Sommer der kleine Pool inklusive „Sandstrand" genutzt werden. So das war's aber im Großen und Ganzen. Bitte nageln Sie mich nicht auf Vollständigkeit und Größenangaben fest, ich habe nur versucht, meinen Eindruck vom Club wiederzugeben.

23

Clubs allgemein

Ich habe jetzt vielleicht ein bisschen viel Werbung für unseren Stammclub gemacht, das soll aber nicht heißen, dass es nicht noch eine ganze Menge anderer toller Clubs in Deutschland gibt. Er liegt halt in unserer Nähe. Was ein Riesenvorteil ist. Wir sind in einer Viertelstunde dort und könnten daher fast mit dem Fahrrad hinfahren. Sieht im Cluboutfit vielleicht nur blöd aus. Für jemanden aus München, Hamburg oder Berlin ist er aufgrund der Entfernung als Stammclub natürlich weniger interessant. Da ist es dann egal, wie gut er ist. Und außerdem ist es wie bei allem: Die Geschmäcker sind unterschiedlich. Der Club, der dem einen gefällt, muss dem anderen noch lange nicht gefallen. Das kann an der Atmosphäre, den Räumlichkeiten, dem Preis-Leistungs-Verhältnis, dem Publikum, der Art des Clubs und noch einigen anderen Dingen liegen. Um sich einen Überblick über die Clublandschaft zu verschaffen, hier mein Tipp: Bei einer der im Kapitel „Joyclub, Augenweide & Co." beschriebenen Erotikplattformen anmelden. Dort sind viele Clubs aufgelistet. Meist gibt es eine kurze Beschreibung, zum Teil eine Benotung und meist einen Link zur entsprechenden Homepage des Clubs. Oft kann man sich auch für die nächste Clubveranstaltung anmelden und erhält dann einen Rabatt. Das ist sehr praktisch, da man sieht, welche Leute außer einem selbst angemeldet sind. Da weiß man schon, was einen Leckeres erwartet.

Zum Schluss noch ein paar Zahlen: Allein für mein Heimatland Hessen sind bei AW und Joy zum heutigen Zeitpunkt 23 verschiedene Clubs aufgeführt. Die Größe der Clubs reicht von 200 bis zu 1.000 Quadratmetern.

Zutritt erhält man als Paar je nach Art des Clubs ab null Euro (gemischte Clubs) und dreißig Euro (reine Paareclubs). Wir waren allerdings noch nie in einem Club, wo wir umsonst rein gekommen wären. Ich könnte mir vorstellen, dass dort die Erwartungshaltung seitens des Betreibers, was die Aktivität der Paare angeht, ziemlich hoch ist. Nur Essen und Trinken für lau is halt nicht. Insgesamt muss man schon sehr genau hinschauen, was man für sein Geld geboten bekommt. Wer ein gewisses Niveau haben möchte, der muß auch entsprechend dafür zahlen.

Übrigens beträgt das Verhältnis zwischen den Clubs mit Single-Herren-Zulassung und den reinen Pärchenclubs etwa zehn zu eins. Einige gemischte Clubs bieten aber auch Paare-Abende an.

So, genug Zahlenmaterial.

Unser Lieblingspaar

Ich habe die Beiden ja bereits ein wenig beschrieben, aber die zwei sind nicht nur nett, sympathisch und sehen gut aus, nein sie sind auch noch äußerst heiß. Sehr heiß sogar. Und ich hoffe, dass ich das im folgenden Kapitel rüberbringen kann. Noch ein Tipp vorweg: Partner und Buch mit ins Bett nehmen, einer liest vor - der andere hört zu. Und sich dann von der beschriebenen Situation anstecken lassen. Wenn's klappt, dann hat sich der Kauf des Buches doch schon gelohnt, oder!? So jetzt geht's endlich los.

Nach der üblichen Begrüßungszeremonie und dem Gang zum Buffet hatten wir uns die oberste Ebene ausgesucht. Wie bereits erwähnt, kann man von hier oben über ein Geländer nach unten auf die Matte schauen. Im Moment war dort nur ein einzelnes Pärchen in Missionarsstellung zugange. Das fand ich wenig interessant und daher richtete ich meinen Blick lieber auf meine persönliche Favoritin. Meine Frau sah mal wieder umwerfend aus, Röckchen und BH aus Lack, dazu halterlose Strümpfe. Alles in schwarz. Und dann noch diese unglaublichen Plateau-High-Heels im aktuellen Gladiatoren-Style. Uli, die normalerweise nicht allzu offensive Dessous trägt, hatte sich auch schwer ins Zeug gelegt. Ein hauchzartes Negligé, darunter ein super sexy String. Das Highlight jedoch waren ihre neuen Overknee-Stulpenstiefel. Eigentlich zieht sie immer alles aus, wenn es richtig losgeht. Sie mag es lieber nackt. Diesmal nicht. Mir zuliebe hat sie alles angelassen. Es macht mich einfach scharf, wenn ein schöner Frauenkörper mit ein paar sexy Dessous geschmückt ist. Uli, ein Kuss im nachhinein dafür. Wir waren kaum oben, da ging's schon los. Die zwei Damen hatten sich bereits einander angenähert. Es erregt mich jedesmal ungemein, wenn zwei Frauen sich zärtlich begegnen, erst streicheln, dann küssen und letztendlich leidenschaftlich lieben. Und ich weiß, dass es Ralf jedes Mal genauso ergeht. Zunächst beobachteten wir die beiden nur, wie sie mit den Händen die Hügel und Täler ihrer Körper erkundeten. Sanft knetete meine Frau die Brüste ihrer Freundin. Dabei saugte sie an den hart aufgereckten Nippeln. Uli genoss die ihr entgegengebrachten Zärtlichkeiten sichtlich. Sanft strich sie Tina dabei durchs Haar. Nach einer Weile waren ihr die Liebkosungen jedoch nicht mehr genug. Sie veränderte leicht ihre Position, streckte den Arm aus und wanderte mit der Hand unter den Slip meiner Frau. Dort hatte sie schnell ihr Ziel gefunden. Und als die Finger den Erstkontakt mit der empfindsamsten Stelle hergestellt hatten, war ein leises Stöhnen nicht zu überhören. Völlig fasziniert beobachteten wir sie dabei, wie sie sich Stück für Stück weiter voran wagten. Mittlerweile hatten sie sich gegenläufig hingelegt. Das heißt, der Kopf der einen lag jetzt jeweils in Höhe des Schambereichs der anderen. Auch das bisschen Stoff in der Körpermitte war nicht mehr da. Geschickt und schnell waren die kleinen Höschen entfernt worden. Und so beobachteten sie nun ihre Finger, wie sie Lust spendend die heißen Lippen ihres Gegenübers teilten und immer wieder tief in die feuchte Öffnung eindrangen. Manchmal bahnten sich gar zwei oder drei Finger den Weg zwischen das zarte heiße Fleisch, woraufhin sich ihnen der Körper nur noch lustvoller entgegen reckte. Ich weiß nicht, wer angefangen hatte, aber jetzt waren nicht nur mehr die Finger beteiligt, auch die Münder, Lippen und Zungen hatten ihr heißes Spiel begonnen. Sie knabberten, saugten und leckten um die Wette. Jetzt sah ich wie Tinas Zungenspitze sanft und zärtlich Ulis Kitzler umkreiste. Es war kaum auszuhalten und Ralfs und meine körperliche Reaktion darauf waren auch nicht mehr zu übersehen. Nur untätig zuschauen, das war uns jetzt nicht mehr genug. Zunächst beschränkten wir uns jedoch darauf, die Liebste des anderen zu streicheln. Als meine Hände über Ulis Haut glitten, kam ich gleichzeitig in den Genuss, das Weiche und Zarte ihrer Brüste und das knackig Feste ihres Pos streicheln zu dürfen. Ich zeichnete jede Rundung ihres Körpers nach. Dann fuhr ich über ihren Nacken und durch ihr Haar. In mir entfachte sich ein warmes wohliges Feuer. Nach einer gewissen Zeit ließen die Frauen voneinander ab und wandten sich Ralf und mir zu. Ich verlor meine Frau für eine kurze Zeit aus den Augen, da ich mich ganz auf Uli konzentrierte. Aber bei Ralf war sie ganz sicher in guten Händen. Schnell hatte ich Uli so platziert, dass mein Kopf zwischen ihren Schenkeln ruhte und meine Zunge ihre süße Klitoris küssen konnte. Ihr Fötzchen war unglaublich nass. Ein glänzender Streifen zog sich vom Eingang ihrer Vagina bis über den Anus. Wieder stieg Hitze in mir auf. Ich hatte sie in der Taille gepackt und sie wand sich unter kreisenden Bewegungen in meinen Händen. Ich genoss den heißen Saft, den sie mir schenkte. Meine Zunge spielte mal zart und mal hart mit ihren schönen Schamlippen. Mit den Lippen saugte und knabberte ich daran, um dann urplötzlich mit meiner Zunge so tief wie nur irgend möglich in sie einzudringen. Dort erkundete ich ihr weiches, warmes Innerstes. Der Geruch und die Feuchte erregten mich bis aufs Äußerste. Plötzlich versuchte sie ihre Position zu ändern. Wo wollte sie denn hin? Schnell war klar, worauf sie es abgesehen hatte. Sekunden später war mein Schwanz in ihrem Mund. Ihre Lippen hatten meinen Schwengel fest in ihrer Umklammerung und schienen ihn auch nicht wieder loslassen zu wollen. Oh, welch unbeschreibliches Gefühl. Blasen - das kann sie. Es gibt nur eine, die das vielleicht ein ganz klein wenig besser macht: meine Frau. Der Vergleich ist aber nicht ganz fair, denn sie verfügt natürlich über einen gewissen Vorteil. Sie kennt meine Vorlieben ja ganz genau. Aber von der Art und Weise, wie man mit einem Schwanz umzugehen hat, ist ihr Uli ganz dicht auf den Fersen. Ihre Lippen und ihre Zunge taten unglaublich gut. Immer wieder umkreiste sie meine Eichel, küsste und leckte an ihr. Dann wieder am Schaft rauf und runter. Bei einem Blick hinüber zu Ralf konnte ich erkennen, dass es ihm mit meiner Frau wohl ähnlich erging. Ich spürte, wie mein Saft langsam immer höher stieg. Ich brauchte eine Pause, sonst wäre es gleich vorbei. Sanft schob ich Uli von mir weg und dirigierte sie in Richtung meiner Frau. Die lag mittlerweile auf dem Rücken, während ihr Ralf auf Knien sitzend, seinen Schwengel immer noch tief in den gierigen Mund schob. Widerstandslos konnte Uli ihr die Schenkel auseinander drücken. Sofort fing sie an, sich dem heißen Fötzchen zu widmen. Da mir gerade nichts Besseres einfiel, platzierte ich mich neben Uli, die ihren süßen Knackarsch so frech in die Höhe reckte, dass ich einfach nicht widerstehen konnte. Ich knabberte an ihm, während zwei meiner Finger ihr geiles nasses Loch von innen bearbeiteten. Die Szene war so erregend, dass mir das im Moment durchaus genügte. Erstaunlich oder? Denn immerhin war der Einzige, dem zurzeit keine Aufmerksamkeit geschenkt wurde, mein kleiner Prinz. Das würde sich aber bestimmt noch ändern. Zumindest hoffte ich das.

Ohne dass ich sie dazu aufgefordert hätte, veränderten plötzlich alle drei ihre Position. Eine Frechheit, wie ich fand. Aber anscheinend war ich nicht mehr interessant für die anderen. Jetzt lag Uli auf dem Rücken. Meine Frau hatte ihren Kopf zwischen ihren gespreizten Beinen vergraben und Ralf den Part bei meiner Frau übernommen, den ich noch zuvor bei seiner Herzensdame inne hatte. Und ich!? Bevor ich lange nachdenken konnte, griff eine Hand nach meinem Schwanz und zog ihn zu sich heran. Mein Schatz leckte jetzt abwechselnd an Fötzchen und Schwanz. Damit konnte ich sehr gut leben. Es dauerte nicht lange und wir merkten, dass Uli ihrem Höhepunkt immer näher kam. Ich entfernte mich etwas vom Mund meiner Frau, so dass sie meinen Schwanz nur mehr reiben konnte. Sie sollte sich jetzt ganz auf Uli konzentrieren. Zunge und Finger wurden immer schneller und der Unterleib von Uli zuckte immer heftiger. Auch Ralf stieß jetzt härter mit seinen Fingern zu. Die Erregung der Frauen war jetzt richtig greifbar. Ich spürte die Hitze. Ihre Körper glühten nun förmlich. Der Atem ging immer schneller und kam jetzt stoßweise. Ein Hecheln und Keuchen. Und dann war es so weit. Uli kam mit einem heftigen Stöhnen. Sie bog ihren Unterleib meiner Frau entgegen, krallte sich in ihren Haaren fest, verkrampfte kurz vor unbändiger Lust und fiel dann letztendlich erschöpft und befriedigt zurück auf die weiche Matte. Ralf hatte von meiner Frau abgelassen. Sie war scheinbar nicht gekommen, sie hätte wohl noch einen Augenblick gebraucht. Aber auch sie machte einen befriedigten Eindruck und ließ ihren Kopf erschöpft in Ulis Schoß sinken. Auch wir Männer waren nicht zum Schuss gekommen, aber das war für uns völlig okay, denn wir wussten, dass auch wir unseren Teil sicher noch bekommen würden.

Nachdem wir geduscht hatten, gingen wir unserem Standard Ritual folgend nach unten und stärkten uns erstmal am Buffet. Die Gespräche mit den beiden sind immer sehr kurzweilig und meist auch recht amüsant. Wir liegen einfach auf einer Wellenlänge. Es folgte ein Tänzchen, wobei sich Tina an der Stange versuchte. Ich schätze, das etwa eine Stunde vergangen war, als Uli anfragte, ob wir noch ein zweites Mal nach oben gehen wollten. Wir gehen zwar immer ein zweites Mal nach oben, aber meist nicht mit dem gleichen Paar. Das heißt, auch wenn wir mit den Zweien verabredet sind, trennen sich unsere Wege in der zweiten Runde normalerweise. Aber heute nicht. Zum einen hatten alle vier noch mal Lust aufeinander und zum anderen muss man ehrlicher Weise sagen, mangelte es heute an passenden Alternativen. Für sie wie für uns. Das zweite Erlebnis möchte ich nur kurz schildern, um hier niemanden zu langweilen. Also, wir waren im ersten Zimmer auf der rechten Seite. Das mit den Spiegeln an der Decke. Und wir Männer haben noch das bekommen, was uns heute bislang noch gefehlt hatte. Ich sage nur soviel: zwei leckende, saugende und reibende Damen, die sich gemeinsam einen Schwanz teilen, das ist kaum zu überbieten. Es war gigantisch. Wir hatten wieder einen wunderschönen und aufregenden Abend mit den beiden verbracht.

Einen kleinen Wermutstropfen gibt es aber doch. Auch heute war PT mit GV nicht drin. Bisher sind sie dem immer aus dem Weg gegangen. Aber vielleicht kommt das ja noch irgendwann. Eine Freundin von Uli hat mir kürzlich auf einer Party gesteckt, dass es bei den beiden eigentlich kein Problem sein dürfte. Ich glaube, im Laufe des Swingerlebens macht man eine gewisse Entwicklung durch, bis man seinen Endpunkt erreicht hat. Vielleicht fehlt ihnen einfach noch ein Stück bis dahin. Möglicherweise sind sie aber auch schon dort angelangt. Ist auch egal, wir haben bisher immer unseren Spaß mit ihnen gehabt und das soll und wird auch so bleiben. Auch ohne GV.

Paar Pflege

Hat man erst mal so ein Paar wie die zwei gefunden (das gleiche gilt je nach Beuteschema auch für Single-Damen oder -Herren), dann sollte man sie hegen und pflegen. So selbstverständlich ist das ja nicht, dass sich mehrere Personen innerhalb wie außerhalb des Bettes verstehen. Wenn nur eine der zwei wichtigsten Voraussetzungen erfüllt wird, dann kann man entweder quatschen oder ficken. Für Voraussetzung eins haben wir unsere „normalen" Freunde. Voraussetzung zwei geht bei Dates ohne Anlaufzeit. Ob privat, im Hotel oder sonst wo ist egal. Erst klingeling ... Tür auf, Hose runter und auf in den Kampf. Dann zicki zacki ficki fucki ... fertig, abputzen und tschüß. Okay, das war vielleicht ein klitzekleines bisschen übertrieben. Aber grundsätzlich kann man das so machen. Und ab und zu ist das auch ganz okay. Insgesamt bevorzugen wir allerdings die „unterhaltsame" Variante. Aber so ein Kontakt oder gar eine Freundschaft hält nur, wenn es in allen Bereichen nicht langweilig wird. Wirklich toll ist es, wenn mit der Zeit eine gewisse Vertrautheit entsteht, die neuen Raum für Experimente schafft. Zu dritt, zu viert, zu fünft, zu sechst ...

Der Anfang von Allem und die Folgen

So, was kommt jetzt? Ah ja genau, ich muss ja noch erzählen, wie alles begonnen hat. Wir sind ja nicht als Swinger vom Himmel gefallen. Ganz im Gegenteil, bis vor ungefähr zweieinhalb Jahren wäre das, was wir heute ausleben, unter keinen Umständen in Frage gekommen. Einfach undenkbar und da waren wir schon Ende dreißig. Ich hab es nicht nachgerechnet, aber unter Berücksichtigung des Publikums in den mir bekannten Clubs und derer, die in den einschlägigen Foren aktiv sind, schätze ich das Durchschnittsalter der Swingerhorde auf etwa Ende dreißig. Was meiner Meinung nach völlig logisch ist. Denn dieses ungewöhnliche Sexleben funktioniert nur dann problemlos und gut, wenn eine gefestigte und vertrauensvolle Beziehung besteht. Wenn ich der Liebe meiner Frau nicht hundertprozentig sicher wäre, wie könnte ich ihr dann ohne ein schlechtes Gefühl einen anderen Mann gönnen? Es gibt natürlich auch sehr junge Paare, die sich in Clubs, auf Privatpartys und in den Foren tummeln, aber für uns wäre das mit Anfang zwanzig sicher noch nichts gewesen. Ich war damals noch sehr eifersüchtig. Eifersucht im Bezug auf den Partner liegt doch vor allem in Verlustängsten begründet. Und die wiederum haben mit Selbstzweifeln bzw. mangelndem Selbstbewusstsein zu tun. Vor allem, wenn man anfängt, sich zu vergleichen. Das ist heute bei mir etwas anders als in früheren Jahren. Da hätte ich mich schon gefragt, ist der andere Mann besser als ich. Hat er den größeren, dickeren und härteren Schwanz. Kann er länger. Sieht er besser aus. Wie gut leckt und fickt er. Und ganz wichtig, wie denkt meine Frau über den anderen. Wie gut findet sie ihn insgesamt. Empfindet sie sogar etwas für ihn. Könnte es passieren, dass sie sich in ihn verliebt und ich sie dadurch vielleicht verliere. Es wäre sicherlich gelogen, wenn ich behaupten würde, dass mir nicht heute noch ab und zu die eine oder andere dieser Fragen durch den Kopf geistert. Das kommt aber immer ganz auf die jeweilige Situation an und vor allem auf das Verhalten meiner Frau. Ich kann ihr beispielsweise ohne Probleme dabei zusehen, wie sie von zwei Männern zur gleichen Zeit verwöhnt wird oder einen Schwanz lustvoll bläst. Gleichzeitig kann eine kleine gefühlvolle Geste oder ein liebvoller Blick, den sie einem anderen Mann schenkt, bei mir ein tief stechendes Gefühl in der Magengegend verursachen. Ich mag es auch nicht hören, wenn meine Frau einem anderen heimlich ins Ohr flüstert, wie gut er sie geleckt hat. Das zum Beispiel hatten wir nämlich schon. Und ich hatte ein paar Tage ganz schön dran zu knabbern. Natürlich hoffe ich, dass er es gut gemacht hat und ich gönne es ihr auch, aber ich muss und will es nicht hören. Und schon gar nicht, wenn sie glaubt, dass ich es nicht mitbekomme. „Merke es dir für die Zukunft Süße!" Selbst heute nach so vielen Jahren und einer Fülle von Erfahrungen bin ich noch immer nicht so selbstbewusst oder eifersuchtsfrei, dass ich einfach ALLES wegstecke. Aber da ist sowieso jeder anders. Einige von Ihnen werden mir sicherlich zustimmen, andere wiederum sehen das bestimmt völlig anders. So, damit will ich es erstmal bewenden lassen und endlich wieder zum Thema zurückkommen.

Jaja, der Anfang von allem. Das war in der Sylvesternacht 2007. Die Kinder hatten wir bei meiner Mutter untergebracht. Unsere beste Freundin Anne, meine Frau und ich hatten uns Karten für die Silvester-Party im Hanauer „Culture Club" besorgt. Ich war also

Hahn im Korb. Beide Damen hatten sich in Schale geworfen und sahen richtig lecker aus. Meine Frau mit lindgrünem Faltenrock, schulterfreiem, schwarzem Rollkragentop und ihren neuen Lorenzi Hohe-Hacken-Stiefeletten. Anne im schwarzen Baumwollkleid, dazu hohe schwarze Stulpen-Stiefel. Wir waren so gegen 21 Uhr im Club, wo wir als erstes unseren all-inclusive-Begrüßungs-Sekt zu uns nahmen. Das heißt, die Frauen tranken, ich guckte in die Runde. Ich mag keinen Sekt, dafür meine Frau umso mehr. Deshalb kippte sie meinen auch gleich mit hinunter. Zwei, drei Sekt oder Wodka-orange, das gehört mittlerweile zu ihrem Standardritual. Das ist für sie so eine Art Lockerungsübung. Wir standen im Foyer wie auf dem Präsentierteller und ich hatte das Gefühl, dass wir von allen Seiten angestarrt wurden. Wahrscheinlich weniger ich als meine beiden hübschen Häschen. Ich zog sie hinter mir her in den Saal. Eigentlich sollte die „herrliche Bockband" mit einem Liveauftritt für Stimmung sorgen. Zurzeit kam die Musik noch vom Band oder vom Computer. Wir platzierten uns zunächst an der Bar und die Damen nahmen einen weiteren Drink. Ich observierte derweilen das Publikum. Es waren ein paar wirklich hübsche Damen darunter. Jedoch nicht für mich. Ich war ja schon in äußerst reizvoller und attraktiver Begleitung. Nach einer halben Stunde kam endlich die Band auf die Bühne und wir orientierten uns in Richtung Tanzfläche. Sie legten gleich ordentlich los und schnell hatten sie den Saal im Griff.
Kleine Anmerkung: Die „herrliche Bockband" ist eine bei uns im Rhein-Main-Gebiet bekannte Coverband, d.h. sie geben keine eigenen Lieder zum Besten, sondern spielen nur bekannte Hits der 80er und 90er nach. Das machen sie allerdings richtig gut.

Auf jeden Fall stieg die Stimmung gehörig an und auch meine Mädels waren kaum noch zu halten. Ich bin da eher zurückhaltender. Stattdessen drückte ich mich lieber eng von hinten an meine Frau heran, lupfte ihr Röckchen und fummelte frech an ihrem süßen Arsch. Dadurch handelte ich mir einen bösen Blick ein, was mir jedoch ziemlich egal war. Ich machte einfach weiter. Bei der Enge konnte sie ja nicht entkommen. Bevor es Ihnen, sehr geehrte Leser, zu langweilig wird, kürze ich jetzt etwas ab. Irgendwann war es zwölf Uhr. Runter zählen, 10, 9, 8 usw. „Frohes neues Jahr" wünschen und dann küssen. Das Übliche halt. Erwähnenswert ist aber, dass der Kuss, den Anne mir gab, ungewöhnlich intensiv war. Ich war etwas irritiert. Und dann standen meine Begleiterinnen auch noch eng umschlungen auf dem Vorplatz des Clubs und schauten sich gemeinsam das clubeigene Feuerwerk an. Wir blieben noch etwa eine dreiviertel Stunde, dann machten wir uns auf den Heimweg. Geplant war, im Taxi zu Anne zu fahren, ein bisschen weiter zu feiern und dort zu übernachten. Das mit dem Taxi klappte jedoch nicht. Die waren heillos überlastet. Also entschlossen wir uns zu laufen. Geschätzt zweieinhalb bis drei Kilometer. Ich war anfänglich etwas skeptisch beim Blick auf das Schuhwerk der Damen. Aber meine Frau hatte mal wieder eine große Klappe und wollte sogar wetten, dass sie schneller am Ziel wäre als ich. Also ging es im Stechschritt gen Heimat. Sie legten ein Affentempo vor und tatsächlich, nach einer halben Stunde hatten wir es geschafft. Im Wohnzimmer bauten wir uns ein Matratzenlager und machten es uns gemütlich. Meine Frau hatte sich ihres Cluboutfits entledigt und einen kuscheligen Longpulli angezogen. Dass sie darunter halterlose Strümpfe trug, hatte ich bereits bemerkt. Ich tat es ihr nach und beließ nur meine Boxershorts und das Trägershirt an. Anne hatte lediglich ihre Stiefel ausgezogen. Die Musik kam aus der Flimmerkiste. Soweit ich mich erinnere war MTV eingeschaltet. Irgendwie waren wir geschafft und kuschelten uns zusammen unter die Decke. Anne und ich hatten Tina in unsere Mitte genommen. Sie hatte mir den Rücken zugewandt und lag im Arm unserer Freundin. Die beiden kuschelten schon wieder. Dabei streichelten sie sich zärtlich. Tina liebkoste mit der Nasenspitze und ihren Lippen Annes Hals. Und wenn mein Gefühl mich nicht täuschte, schienen auch die Aktivitäten unter der Decke deutlich zuzunehmen. Ich hätte gerne gewusst, was dort gerade passierte. Für die beiden war ich in diesem Moment nicht existent. Plötzlich drehte Anne sich ein wenig und wandte meiner Frau das Gesicht zu. Ihre Lippen waren auf einmal sehr nah. Sie schauten sich prüfend an. Plötzlich reckte Tina ihren Kopf etwas in die Höhe und dann war es soweit. Sie küssten sich ganz zaghaft und vorsichtig. Es folgte ein langer tiefer prüfender Blick in die Augen. Der anschließende Kuss war voller Leidenschaft und Feuer. Sie verschmolzen geradezu miteinander. Ihre Münder waren halb geöffnet und ich konnte das Spiel der Zungen wunderbar verfolgen. Der Anblick der sich küssenden Frauen erregte mich ungemein. Wie konnte es nur so weit kommen. Weder meine Frau noch meine Freundin hatten jemals zuvor irgendwelche Andeutungen in diese Richtung gemacht. Aber mir gefiel was ich sah. Ich wollte jetzt unbedingt wissen, was da unter der Decke vor sich ging. Ganz ganz vorsichtig zog ich an der Bettdecke, bis meine beiden super sexy Mäuschen völlig entblößt neben mir lagen. Was sich mir nun offenbarte, war so neu, so überraschend und so unglaublich schön. Der Pullover meiner Frau war nach oben geschoben. Anne hatte eine Hand auf ihrem Oberschenkel platziert. Ihre Finger strichen langsam über den Spitzenrand der halterlosen Strümpfe. Die andere Hand steckte bereits unter dem Slip meiner Frau. Die Bewegungen ihre Finger waren zu erahnen und aufgrund der Reaktion meiner Frau hatten sie ihr lüsternes Spiel bereits begonnen. Ich wollte es unbedingt sehen. Wollte sehen, was ich kaum glauben konnte. Ich musste ihr einfach das Höschen ausziehen. Die beiden Damen wehrten sich nicht. Sie ignorierten mich weiterhin. So schnell und so dezent wie nur irgend möglich zog ich ihr den Slip aus. Keinen Dank für meine Hilfestellung, Stattdessen machten sie einfach weiter. Oh, bei diesem Anblick gewann auch mein Schwanz deutlich an Länge und Dicke. Annes Zeigefinger steckte tief im feucht glitzernden Loch meiner Frau. Langsam zog sie ihn heraus, aber nur um ihn sofort schnell und hart zurück zu schieben. Jetzt konnte ich die lustvollen Seufzer meiner Frau hören. Ihr Unterleib drückte sich dem steif ausgestreckten Finger entgegen. Ihre eigenen Hände waren aber auch nicht untätig. Die Fingerkuppen massierten sanft die blutrote und deutlich sichtbare Klitoris unserer Freundin. Ich schaute mir das Spiel eine Weile an und genoss einfach diesen wunderbaren Anblick. Plötzlich rückte meine Frau etwas von Anne ab. Ihr Ziel war sofort zu erkennen. Sie kniete jetzt neben ihr. Der Oberkörper war nach vorn gebeugt und ihr Kopf einen Stock tiefer, direkt über Annes kurz geschorenem Lusthügel. Schon Sekunden später streichelte ihre Zunge die geschwollenen feuchten Schamlippen, die sich ihr darboten. Ich wollte und konnte jetzt nicht mehr warten. Mein Schwanz schien vor Erregung fast zu platzen. Tinas schöner Arsch reckte sich mir so verführerisch entgegen, dass ich meine Zurückhaltung aufgeben musste. Langsam aber unaufhaltsam schob ich ihr meinen Schwanz bis zum Anschlag ins glühende Fötzchen. Sie hielt kurz inne. Ein tiefer Seufzer folgte. Dann dreht sie den Kopf, blickte mich an, grinste und raunte mir „Los fick mich" entgegen. Rhythmisch, mit kreisenden Bewegungen, tat ich wie mir befohlen. Meine Frau hatte sich Anne schon wieder zugewandt und ihr Zungenspiel fortgesetzt. In dieser Konstellation waren wir bestimmt fünfzehn Minuten miteinander verbunden und Annes Atem ging nun etwas schneller. Bevor es zu Ende ging, wollte ich unbedingt etwas riskieren. Also zog ich meinen Prinzen aus der feucht warmen Umklammerung. Mein Schatz blickte überrascht auf. Zuerst fixierte ich Annes nasses Fötzchen. Dann schaute ich mit fragendem Blick direkt in die Augen meiner Frau. Ich denke, das war deutlich genug. Sie wusste was ich wollte. Es kam mir vor als dauere es eine Ewigkeit, bis sie mir mit einem Augenaufschlag und einem Lächeln die Zustimmung gab. Jetzt war ich zwischen den Beinen meiner Freundin und nicht zwischen denen meiner Frau. Ein völlig neues Gefühl für mich. Ich versuchte vorsichtig zu sein. Langsam und sachte drang ich in sie ein. Jetzt war meine Frau in der Beobachterrolle. Annes Reaktion war überraschend heftig. Ich denke, das lag zum einen an der relativ langen Zeit in der ihr solche Lustgefühle verwehrt geblieben waren und zum anderen an der ungewöhnlichen und ungemein erotischen Situation, in der wir drei uns befanden. Sie streckte ihre Arme nach meiner Frau aus, bekam eins ihrer Beine zu fassen und versuchte, sie an sich heran zu ziehen. Tina kam ihr etwas entgegen und sogleich fanden ihre Finger wieder den Eingang, den sie vorher verlassen hatten. Jetzt fickte ich Anne und beobachtete gleichzeitig, wie sie es meiner Frau mit dem Finger besorgte. Es war der absolute Wahnsinn. Welch ein geiles Gefühl, welch ein Anblick. Bei mir würde es jetzt nicht mehr lange dauern. Mein Saft hatte sich bereits gesammelt und auch die Damen waren offensichtlich kurz vor der Explosion. Die Finger von Annes unbeschäftigter Hand krallten sich plötzlich ins Laken. Ihre Augen hatte sie geschlossen. Die anderen Finger stießen immer heftiger in Tinas Fötzchen. Das nahm meiner Frau fast die Luft. Atemlos keuchte sie nur „Ja komm, fick sie richtig durch". Nun rammte ich meinen Schwengel förmlich ins das süße Loch, das sich zwischen den straffen Schenkeln versteckte. Wir schwitzten. Alles roch nach uns, nach Lust, nach Schweiß, nach Schwanz und Fotze. Immer schneller, immer härter. Fast gleichzeitig krümmten sich die Körper der beiden Frauen. Ihre Anspannung entlud sich in einem Mega Orgasmus. Ihr animalisch gurgelndes Stöhnen erfüllte den Raum. Mein Schwanz wurde vom heißen Saft geradezu umspült. Der Orgasmus hatte soviel Feuchtigkeit freigesetzt, dass er an meinen Schaft entlang auf das Laken tropfte. Auch ich konnte es jetzt nicht mehr länger halten. Kurz vorm Abspritzen zog ich ihn heraus und verteilte meinen Saft in zwei heftigen Schüben auf Bauch und Brüste meiner Freundin. Dann sackte ich kraftlos nach hinten. Auch meine beiden Süßen lagen bewegungslos und immer noch schwer atmend auf dem Rücken. Ich weiß nicht, wie viel Zeit vergangen war, doch plötzlich spürte ich die suchenden und tastenden Finger meiner Frau. Sie versuchte scheinbar, meine Hand zu erreichen. Ich kam ihr mit meiner entgegen. Schließlich hatten wir uns gefunden. Zärtlich griffen unsere Finger ineinander. Ich drehte meinen Kopf in ihre Richtung. Dadurch konnte ich sehen, dass sich auch die Frauen an der Hand hielten. Unsere Blicke trafen sich. Ein Lächeln, ein Blinzeln und alles war okay. In diesem Augenblick waren wir glücklich und zufrieden. Leider blieb das nicht so. Es folgten noch zwei oder drei Wiederholungen. Dann haben wir - also meine Frau und ich - es beendet. Der Grund war, dass es nicht mehr nur um Sex zwischen mir und Anne ging. Es waren immer mehr Gefühle im Spiel. Das blieb natürlich auch meiner Frau nicht verborgen. Ihr wurde das zu gefährlich und sie konnte und wollte das nicht mehr mitmachen. Für Tina und mich war das natürlich einfacher, wir hatten ja uns. Anne akzeptierte zwar unsere Entscheidung, aber es war bestimmt nicht leicht für sie. An wem sollte sie sich festhalten. Noch schwieriger wurde es, nachdem wir zum ersten Mal einen Pärchenclub besucht und ihr anschließend davon berichtet hatten. Was, im Nachhinein betrachtet, auch nicht sehr taktvoll war. Wir waren einfach so begeistert und euphorisch über die neuen Erfahrungen, dass uns das Fingerspitzengefühl wohl verloren gegangen war. Es war ja nicht böse gemeint, eigentlich wollte ich ihr nur zeigen, dass sich dort auch für sie Dinge eröffnen könnten, an die sie bisher selbst im Traum nicht gewagt hätte zu denken. Sie hatte ja selbst gesagt, dass sie nach dem Ende ihrer fünfundzwanzig jährigen Beziehung zurzeit keine neue Partnerschaft anstreben würde. Und was wäre da wohl besser geeignet, als lose Bekanntschaften, deren einziger Zweck Unterhaltung, Spaß und Sex ist. Ohne großartige Gefühle, ohne Verpflichtungen. Trotzdem war es für sie zunächst nicht nachvollziehbar. Wie konnte es sein, dass wir sie zurückweisen, aber gleichzeitig mit völlig fremden Menschen hemmungslosen Sex haben. Sex ohne Gefühle, zu der Zeit undenkbar für sie. Das war schon eine ziemliche Belastung für unsere Freundschaft. Wir klammerten das Thema einfach eine Zeitlang aus.

Als ein paar Monate vergangen waren, besuchten wir gemeinsam ein Weinfest in unserer Nähe. Nach ein paar Gläsern kam das Thema plötzlich wieder auf. Ich muss noch erwähnen, dass wir uns in der Zwischenzeit auf zwei Erotikplattformen registriert hatten. Dort hatten wir Kontakte zu Gleichgesinnten geknüpft und uns mit ihnen in Clubs verabredet. Unsere Erfahrungen auf diesen Plattformen waren jetzt mein neuer Angriffspunkt, an dem ich ansetzen konnte. Und tatsächlich, die Neugier siegte letztendlich und sie ließ sich zu einer Probeanmeldung überreden. Die Auswirkungen, die sich daraus ergaben, strahlen bis heute aus. Davon und über unsere Plattform-Erfahrungen gibt's in den nächsten Kapiteln noch mehr zu berichten. Tja, das war der Anfang von Allem.

Gefühle ... besser nicht

Tja, mit dem Swingen und den Gefühlen das ist schon so eine Sache. Tiefergehende sollte man nicht zulassen. Sonst wird aus Spaß schnell Ernst. Und mit Ernst ist nicht zu spaßen. Entschuldigung! Jetzt mal Spaß beiseite. Ich denke, jeder sollte zu jeder Zeit wissen, zu wem er gehört und was er seinem Partner zumuten darf, kann oder möchte. Es lohnt sich nicht, für eine kleine Liebelei oder die Befriedigung des eigenen Egos eine langjährige und gute Beziehung zu gefährden.

Ein weiser Mann hat mal gesagt: „Wenn Du Schmetterlinge im Bauch willst, dann iss Raupen."

So, genug Moralapostel gespielt.

„JOYclub.de", „augenweide.com" & Co

Wie schon erwähnt, ging das mit Anne irgendwann nicht mehr. Aber diese ersten sexuellen Erfahrungen mit einem zusätzlichen Partner hatten uns neugierig auf mehr gemacht. So kam der Gedanke auf, es mit einem Besuch in einem Swingerclub zu versuchen. Praktischer Weise ist die Oase nur einen Katzensprung von uns entfernt. Um den Schritt wagen zu können, war jedoch erst noch ein klärendes Gespräch nötig. Unsere Vereinbarung lautete wie folgt: „Wir schauen uns das Ganze nur an. Wir werden nichts machen! Nicht miteinander und schon gar nicht mit irgend jemand anderem!" Um es vorweg zu nehmen, unsere Vorsätze hielten wir nicht lange durch. Am Ende hatten wir nicht nur miteinander Sex gehabt, sondern auch mit wildfremden Menschen. Bis vor kurzem einfach unvorstellbar. Wir hatten uns einfach von der Atmosphäre anstecken lassen. Ein sehr nettes Pärchen hatte uns quasi an die Hand genommen und uns immer weiter geführt. Es ging dann sogar so weit, dass wir uns beim Partnertausch nicht nur auf Oralverkehr beschränkten. Ich muss allerdings gestehen, dass ich an diesem Abend etwas Schwierigkeiten hatte. Mein Rüssel wollte mir nicht recht gehorchen. Vom Kopf her war es einfach ein bisschen zuviel für mich. Ich war etwas überdreht und mit den ganzen Eindrücken leicht überfordert. Der andere Kerl war aber gut drauf und die Damen gaben sich alle Mühe und so hatten wir trotzdem ein aufregendes und schönes erstes Mal.

An dieser Stelle ein Tipp bzw. eine Bitte an die Damen: Sorgt für Entspannung, baut keinen Druck auf und achtet auf die Reaktionen eurer Männer. Wir haben es da wirklich schwerer als ihr. Bei uns ist jede

Lustschwankung, durch was auch immer hervorgerufen, leider sofort spür- und sichtbar. Und jetzt der Tipp an die Männer: Macht euch nicht so verrückt. Hört auf euch zu vergleichen. Denkt nicht soviel nach. Jaja, ist schon klar, es fühlt sich natürlich keiner angesprochen. Aber ich meine es ernst. Entspannung ist der Schlüssel zum Erfolg. Ich habe seitdem so gut wie keine Probleme mehr gehabt und genieße jede Sekunde. Und noch was! Redet miteinander. Über das was geht und was nicht. Manchmal merkt man erst hinterher, dass einem etwas auf den Magen geschlagen hat oder die eigenen Gehirnwindungen umgräbt. Dann MUSS das raus. Wenn ihr zum Beispiel nicht wollt, dass euer Partner einen anderen Menschen küsst, dann müsst ihr es schon sagen. Woher soll er es denn sonst wissen? Meine Frau und ich haben immer darüber geredet, wenn es mal etwas gab, das leichte bis mittelschwere Nachwehen hervorgerufen hat. Und falls eine Situation für euch oder euren Partner unerträglich wird, dann brecht es ab. Ihr und euer Wohlergehen steht immer im Vordergrund. Es ist völlig egal, wie andere darüber denken.

So, jetzt geht's aber wieder weiter. Nach diesem ersten Erlebnis hatten wir Blut geleckt und wollten mehr. Die Frage, die sich uns stellte, war: Wie bekomme ich Kontakt zu gleich gesinnten Paaren, um sich für gemeinsame Clubbesuche zu verabreden oder sich über gemachte Erfahrungen austauschen zu können? Die Lösung lag im Internet. Wir suchten also nach entsprechenden Erotikplattformen. Es dauerte eine Weile, bis wir uns durch die Ergebnislisten geklickt hatten. Ich weiß nicht mehr warum, aber unsere erste Wahl fiel auf „www.adultfriendfinder.com". Mittlerweile sind wir dort nicht mehr aktiv, denn wir haben uns schon vor einiger

Zeit aus diversen Gründen abgemeldet. Ich kann also nicht mehr nachschauen und meine folgenden Aussagen überprüfen. Hoffentlich bekomme ich eine korrekte Beschreibung noch hin. Es ist ein auf internationales Publikum ausgerichtetes Internetportal ohne großen Schick Schnack, mit angeblich 1,5 Millionen Mitgliedern in Deutschland und über 30 Millionen weltweit. Mir ist kein Portal bekannt, das auch nur annähernd auf so eine hohe Nutzerzahl kommt.

Wie überall wird zuerst ein eigenes Profil angelegt, mit einer kurzen Beschreibung und den persönlichen Vorlieben. Je nach Mitgliedsgebühr stehen verschiedene Funktionen zur Verfügung. Es lässt sich zum Beispiel eine Hotliste einrichten, auf der man die Profile der interessanten Paare oder Singles speichern kann. Personen, zu denen man bereits in Kontakt getreten ist, kann ein Freundschaftsangebot unterbreitet werden. Wird es erwidert, so werden die entsprechenden Paare oder Singles in einer gesonderten Liste geführt. Für das Finden „passender" Personen kann die Suche inklusive Filter benutzt werden. Durch die Filterfunktion können die Treffer optimiert werden. Alles in allem beschränkt sich das Ganze auf suchen, finden, gefunden werden, kontaktieren und verwalten von Gleichgesinnten. Am Anfang waren wir mit „AFF" noch recht erfolgreich. Aber das erschöpfte sich relativ bald, denn es gab für unsere „Profil-Anforderungen" wenig Nachschub. Immerhin lernten wir über dieses Forum unsere „Voldemorts" kennen. Dazu später mehr. Also, wir waren nach einer gewissen Zeit nicht mehr so zufrieden. Außerdem ist „AdultFriendFinder.com" im Vergleich zu den anderen Plattformen relativ teuer. „augenweide.com" und „JOYclub.de" bieten für weniger Geld ein breiteres

Spektrum an. Die Vorteile von „AFF" liegen ganz klar in der Übersichtlichkeit und der internationalen Ausrichtung. Für Geschäftsreisende oder Reiselustige bieten sich hier bestimmt ungeahnte Möglichkeiten. Wo kann man sich sonst zu einem Sexabenteuer in New York, Sydney, Hongkong oder Moskau verabreden. Entsprechende Sprachkenntnisse in Wort und Schrift sind hier natürlich von Vorteil. So, mehr fällt mir zu diesem Anbieter jetzt nicht mehr ein. Aktuell sind wir bei „www.augenweide.com" und „www.joyclub.de" angemeldet. Um besser vergleichen zu können, werde ich versuchen, beide Communities parallel abzuhandeln. Der Hauptunterschied ist, dass AW nur Paaren zugänglich ist, während sich bei JOY auch Single-Damen und Herren anmelden können. Dies drückt sich auch in den Mitgliederzahlen aus. Den ca. 29.000 Paaren bei „augenweide.com" stehen fast 600.000 Mitglieder bei „JOYclub.de" gegenüber. Also rund zehnmal so viel. Nur ein geringer Prozentsatz der Mitglieder dieser Plattformen kontaktet aus dem Ausland.

Der Einstieg ist bei beiden gleich. Nach der Registrierung muss ein persönliches Profil angelegt werden. Bei AW logischerweise ein Paarprofil, bei JOY - je nachdem - eins für Paare oder Single. Wie zuvor bei „AdultFriendFinder.com" können persönliche Merkmale per Häkchen markiert, Größe-, Alter- und Gewichtsangaben eingetragen und Vorlieben ausgewählt werden. Zusätzlich gibt es noch Freitextfelder, in denen man sich und seine Vorlieben ausführlich beschreiben kann. Unser Profil sieht zum Beispiel folgendermaßen aus:

Alter:	40	41
Größe:	1.60 m	1.78 m
Gewicht:	47 kg	81 kg
Intimrasiert:	rasiert	rasiert
Intimschmuck:	nein	nein
Bi-Neigung:	überwiegend	ausgeschlossen
Partnertausch:	mit GV	mit GV
Erfahrungsstufe:	Hemmungsloser Paarsex	
Küssen:	bei Sympathie	
Raucher:	nein	
Familie:	ja	
Lieblingsclub:	Oase, club22, LeCoq, privat	

Beschreibung: Wir sind bereits seit 16 Jahren glücklich verheiratet und haben 2 Kinder (7 und 11). Wegen der Kinder sind wir nicht ganz so flexibel und benötigen immer ein paar Tage Vorlaufzeit. Vor knapp 3 Jahren haben wir begonnen sexuell neue Wege zu beschreiten. Bisher hatten wir Glück und es waren fast immer schöne und aufregende Stunden. Wir brauchen eigentlich keine lange Anlaufphase und sind auch sonst recht unkompliziert. Uns geht es in erster Linie um die Erfüllung sexueller Wünsche. Wenn gegenseitige Sympathie vorhanden ist, können wir uns auch eine dauerhafte „Freundschaft" mit regelmäßigen Treffen vorstellen.

Wir kleiden uns gerne sexy und stehen auf Dessous und High Heels und sind durchaus vorzeigbar. Sie ist schlank (Bi-veranlagt) und Er (100% hetero) ist sportlich gebaut.

Von Zuschauen bis Partnertausch (mit GV) ist alles möglich.

Ach ja ... es sollte eigentlich selbstverständlich sein, aber sei hier zur Sicherheit nochmal erwähnt: Wir legen großen Wert auf Sauberkeit und auch unsere Nasen sind für guten Geruch durchaus empfänglich. Ihr müsst nicht unbedingt vollrasiert sein. Eure Körperbehaarung sollte sich jedoch in Grenzen halten und vor allem im Mittelteil auf ein Minimum reduziert sein.

Vorlieben: Wir lieben vor allem Oralverkehr, Augenbinden und Toys. Aber besonders stehen wir auf Sex zu dritt, zu viert oder zu fünft. Am liebsten in einem Club, Hotel oder auf einer Privat-Party.

Übrigens kann man sich in dem von uns bevorzugten Club wunderbar zum Essen verabreden, ohne dass hinterher was passieren muss ... ganz zwanglos und ohne Verpflichtung. Los ... traut Euch ... wir beißen nicht!

Unsere Profilbeschreibung könnte sicherlich besser und vor allem etwas kreativer gestaltet sein. Ich sollte also nicht mit Steinen werfen, wenn ich über andere Beschreibungen lästere. Ich habe auch schon wirklich witzige und nette Beschreibungen gelesen. Egal wie man sein Profil inhaltlich gestaltet, es sollte wenigstens darüber informieren, wie man sich selbst sieht und was man von anderen erwartet. Auch wenn mich einige von Ihnen jetzt gerne steinigen würden, die alleinige Aussage: „Alles kann, aber nichts muss" ist definitiv zu wenig. Diesen Satz findet man übrigens ständig. Er zeugt also auch nicht gerade von Einfallsreichtum. Oh, ich hör besser auf. Die ersten wiegen schon die Steine in der Hand. Trotzdem würde ich manche Aussagen gerne mal in einem Forum diskutieren. Zum Beispiel die folgende: „ ... Sympathie muss natürlich vorhanden sein". Wenn damit die oberflächliche Sympathie gemeint ist, sozusagen der erste Eindruck, stimme ich dem zu. Natürlich will ich mit keinem Menschen geschlechtlich verkehren, bei dem sich mir schon beim Anblick oder nach dem ersten Satz die Nackenhaare aufrichten. Für die tiefergehende Sympathie, die sich erst im Laufe der Zeit entwickelt, sehe ich das jedoch anders. Die ist für einen sexuell erfolgreichen Abend nicht zwingend nötig. Wenn wir uns mit einem Paar verabreden, dann ist es natürlich schon praktisch, wenn man sich nicht nur auf der Matte versteht. Sonst könnte der Abend sehr zäh werden. Und die Lust auf Sex ist einem wahrscheinlich schon vergangen, bevor man damit angefangen hat. Bei einem spontanen Date ohne Anlaufzeit ist die Sympathie jedoch nicht unbedingt der entscheidende Faktor. Hier zählt die sexuelle Anziehungskraft. Genauso verhält es sich, wenn man auf der Matte bereits mitten im Gefecht ist und ein anderes Paar gesellt sich dazu. Dann ist es uns ziemlich wurscht, ob sie wirklich sympathisch sind. Hauptsache es passt optisch, sexuell und macht Spaß. Das ein oder andere sexuelle Highlight hatten wir mit Paaren, mit denen wir weder vorher noch nachher auch nur ein Wort gewechselt haben. Aber das nur am Rande. Zurück zum Profil. Um es abzurunden, kann man eigene Fotos auf den Rechner des Betreibers hoch laden. Das ist bei „AdultFriendFinder.com" übrigens genauso, das habe ich vorhin nur vergessen zu erwähnen. Ein Profilfoto ist praktisch ein Muss und viele haben zusätzlich noch eine eigene Fotogalerie. Was man bereit ist, auf diesen Fotos zu zeigen, muss jeder für sich selbst entscheiden. Uns sind so genannte Schwanz und Tittenbilder nicht wichtig.

Wir interessieren uns mehr für die Gesichter und den Körper insgesamt. Für viele sind Gesichtsbilder allerdings ein Problem. Sie wollen sich nicht erkennbar zeigen. Das kann natürlich verschiedene Gründe haben - private wie berufliche. Es gibt auf beiden Plattformen jedoch die Möglichkeit, eine Passwort geschützte Galerie anzulegen. Das heißt, nur die Personen, denen man sein Passwort preis gibt, haben Zugang zu den Bildern. Spätestens dort müsste sich jeder zu erkennen geben. Von mir aus kann's ein Passfoto sein. Nach den ersten Emailkontakten sollte man entscheiden können, ob man sein Passwort rausrückt. Ganz ehrlich, ich kaufe nun mal nicht gerne die Katze im Sack. Nun zurück zu den beiden Plattformen. Beide haben einen großen Foren- und Gruppenbereich. Jeder kann ein eigenes Forum zu einem bestimmten Thema eröffnen. Alle anderen Mitglieder können dann Beiträge bzw. Kommentare zu diesem Thema schreiben oder über die vorhandenen Einträge diskutieren. Zusätzlich können sich Mitglieder zu einer Interessengruppe zusammen schließen. So gibt es beispielsweise Gruppen zu „Französisch total", „Flotter Dreier", „Motor-Biker" und so weiter und so fort und auch diverse Gruppen, die sich regional zusammengefunden haben. Der nächste große Menüpunkt ist der Fotografie gewidmet. Gerade bei „JOYclub.de" wird dafür sehr viel Platz eingeräumt. Profi- und Hobbyfotografen bieten ihre Dienste an. Genauso verhält es sich mit den Modellen. Auch wir haben hier einen Fotografen gefunden, der uns in ganz besonderer Art und Weise abgelichtet hat. Dazu später mehr. Natürlich gibt's im Fotobereich jede Menge schöne und interessante Bilder zu bewundern. Ein weiterer Menüpunkt, der unbedingt erwähnt werden muss, ist der

Event- und Veranstaltungsbereich. Der ist besonders bei „augenweide.com" sehr ausgeprägt. Vom Club-Event über diverse AW-Partys, bis hin zur AIDA Kreuzfahrt ist alles im Angebot. Der Veranstalter gibt eine Eventbeschreibung ab inklusive des Preises und der Leistungen. Mit den vorhandenen Filtern kann hier zeitlich und örtlich gesucht werden. Hat man eine passende Veranstaltung gefunden, so kann man sich eintragen und sieht auch gleich, wer außerdem noch dort sein wird. Sehr praktisch, um sich zu verabreden. Die Möglichkeit, über das Suchen, Finden und Kontaktieren andere Paare oder Singles kennenzulernen, ist für uns sowieso der wichtigste Bereich auf den einzelnen Plattformen. Die Suche kann zum Beispiel nach Profilkriterien wie den Körpermerkmalen und den Vorlieben ausgerichtet werden. Gleichzeitig lässt sich die Ergebnisliste auf ein Bundesland, ein Postleitzahlgebiet oder auf eine bestimmte Entfernung zum Heimatort einschränken. Alles in allem erleichtert einem die Mitgliedschaft in solch einer Community das Finden anderer Menschen - die dem gleichen Hobby frönen - ungemein. Und das, selbst in der Premium Variante für zurzeit unter zehn Euro. Auch wenn ich bei weitem noch nicht alle Themen der beiden Portale abgehandelt habe, möchte ich es nun dabei bewenden lassen. Den Interessierten empfehle ich zum reinschnuppern eine zeitlich begrenzte Mitgliedschaft bei verschiedenen Anbietern. Danach kann man sich immer noch entscheiden, welches Portal für einen selbst das Richtige ist. So, genug jetzt damit.

Es ist ja nicht jeder wie wir und so gibt es nicht wenige, die auf die Möglichkeiten, die einem das Internet bezüglich der Sondierung der Beute und der Planung eines Dates bietet, verzichten. Natürlich kann man einen Swinger-Club oder ein Pornokino auch einfach so besuchen und sich davon überraschen lassen, was der Abend so bringt. Für manche liegt vielleicht gerade in der Spannung auf das Ungewisse der Kick des Ganzen. Letztendlich hilft da nur ausprobieren und schauen, wo es einen hin treibt.

Unfair & Betrug

Mir sind gerade noch zwei Sachen eingefallen und ich möchte es jetzt nicht mehr nachträglich in das vorhergehende Kapitel einfügen. Also als Erstes geht es um überredete Partner. Furchtbar! Schrecklich! Geht gar nicht! Bitte, bitte unterlassen! Wenn man das Gefühl hat, dass einer seinen Partner zum Sex mit fremden Menschen überredet hat, dann ist das für die gesamte Stimmung absolut tödlich. Außerdem ist es unfair gegenüber dem eigenen Partner und spricht nicht gerade für eine gesunde Beziehung. Es geht mir doch selbst jegliche Befriedigung ab, wenn ich sehe wie meine Frau unter etwas leidet, weil es ihr zuwider ist. Und für das beteiligte Paar ist das auch beschissen. Das kann ich euch sagen. Alles schon gehabt. Ich hatte das Gefühl, ich reibe mich an einem Holzbrett. Wir haben es dann ziemlich schnell abgebrochen, waren sauer und haben den Kontakt zu ihnen eingestellt. Ganz ehrlich, entweder ihr seid euch einig oder ihr laßt es besser.

Zweitens: Falsche Angaben machen oder Verabredungen nicht einhalten. Auch schon gehabt. Wenn man in sein Mitgliedsprofil Fotos einstellt, die vor zehn Jahren gemacht wurden und dann noch ein bisschen an der Alters- oder Gewichtsangabe dreht, dann ist das schlicht und ergreifend Betrug. Wenn uns das bei einer Verabredung passieren würde, hätte das zur Konsequenz, dass der Abend bereits beendet wäre, bevor er richtig begonnen hätte.

Ich hatte ja bereits einen Grund genannt, warum wir vor einem Treffen gerne ein Foto von unseren Auserwählten sehen möchten. Genau, „die Katze im Sack". Der zweite Grund ist: Dann können sich die potentiellen Lustobjekte nicht mehr verstecken. Ich stelle mir gerade Ihre fragenden Gesichter vor. Nur Geduld, hier kommt die Erklärung. Wir hatten ein Date in unserem Lieblingsclub. Sie wußten, wie wir aussahen. Mangels Foto von ihnen, wir aber nicht wie sie. Egal, dachten wir, denn die Profilbeschreibung passte gut zu der unseren und die körperlichen Angaben hörten sich vielversprechend an. Wir waren pünktlich im Club und platzierten uns so, daß wir nicht zu übersehen waren. Warten. Eine Viertelstunde war vorüber. Immer noch warten. Halbe Stunde. Nix. Mehrere Paare hatten uns gemustert, aber keines hatte uns angesprochen. Auf ein Paar paßte die Profilbeschreibung ziemlich gut. Und so waren wir eigentlich sicher, dass sie da gewesen waren. Wir hätten das entsprechende Paar natürlich ansprechen können, aber wenn sie keinen Kontakt zu uns aufnehmen wollten, hätten sie sich sowie verleugnet. Auch danach, als wir sie nochmals angeschrieben haben, kam keine Antwort. Vielleicht haben wir nicht ihren Vorstellungen entsprochen. Aus welchem Grund auch immer es für sie nicht passte, sie hätten es uns einfach sagen können. Das wäre kein Problem gewesen. Manchmal hat man sich einfach geirrt und trotz Bildern eine falsche Vorstellung gemacht. Das war jedenfalls einfach nur feige. Und darum: kein Date ohne Bild. Jedenfalls nicht mit uns.

Noch mal Anne und die Folgen II.

Ich hatte unsere Freundin doch überredet, sich bei „JOYclub.de" anzumelden. Die Folgen waren geradezu dramatisch. Ich prophezeite ihr einen Ansturm auf ihr Profil. Sie wollte es nicht glauben. Aber ich behielt recht. Ich würde sie als durchaus attraktiv, aber nicht auffällig beschreiben. Ihre Profilbeschreibung war kurz und knapp und auf den Bildern war ihr Gesicht nicht zu erkennen. Trotz dieses durchschnittlichen und nicht sehr offensiven Profils, wurde sie mit Kontaktanfragen von Männern und Paaren überhäuft. Sobald sie online war, kamen die Anfragen im Minutentakt. Zunächst versuchte sie, alle Anfragen zu beantworten, was aber sehr schnell nicht mehr zu bewältigen war. Die Folge in den ersten Tagen waren dunkle Augenringe und wund geschriebene Finger. Ihr blieb nichts anderes mehr übrig, als vorzusortieren und nur die interessanten Kandidaten anzuschreiben. Der eine oder andere war natürlich sauer, weil er keine Antwort erhielt. Pech gehabt. Laut ihrer Aussage war mehr als die Hälfte aller Kontaktanfragen einfach nur Schrott. „Willst Du ficke, ich habe grose Schwantz. Bin immer geil. Wan können wir uns treffen." Super oder! Und auch noch so schön fehlerfrei. Bei einem Teil der hechelnden Meute passte auch die Optik nicht. Wobei Anne - was sie immer wieder betont – sich eher durch den Intellekt als durch das Äußere eines Kandidaten angesprochen fühlt. Aber hundertachtzehn Kilo verteilt auf einen Meter sechsundsiebzig, das ging dann doch nicht. Einer wollte ihr per Webcam-Übertragung zeigen, wie er sich eine Banane in den Hintern schiebt. Den hat sie angeblich sofort weggeklickt. Ob ich ihr das glauben soll? Vielleicht hat sie doch heimlich geguckt. Nach ungefähr zwei Wochen war sie soweit, sich mit den ersten Kandidaten zu treffen. Das wie und wo führte zwischen uns zum ersten Krach. Sie wollte einen wildfremden Mann, den sie nur aus dem Internet kannte, zu sich nach Hause einladen. Treffen wollte sie ihn vorher in einem Biergarten in der Nähe ihres Hauses. Dann, so der Plan, würde sie aufgrund ihrer überragenden Menschenkenntnisse beurteilen können, ob dieser Mensch vertrauenswürdig ist. Wenn ja, würde sie ihn in ihr Heim schleppen. Aus unser Sicht höchst riskant. Wer sagt mir denn, ob sich ein Mensch immer so korrekt verhält, wie ich ihn nach 30 Minuten plus einigen Emails einschätze? Vielleicht hat er mir ja irgendeinen Stuss erzählt, etwas vorgemacht und zieht mir, wenn es nicht so läuft wie er will, einen über die Rübe. Mir ist schon klar, dass es auch nach mehrmaligen Treffen keine hundert prozentige Sicherheitsgarantie gibt, aber diese Vorgehensweise finde ich schon sehr krass. Unser erster Vorschlag war, dass sie sich mit ihm in einem Club verabredet. Sozusagen in aller Öffentlichkeit. ABGELEHNT! Bei Vorschlag zwei sollte sie sich mit ihm in seiner Wohnung verabreden, uns die Adresse geben und ihm mitteilen, dass wir von der Verabredung wüssten. Das hätte doch die Hemmschwelle für ein potentielles Arschloch erheblich erhöht. Oder nicht!? Und wenn sie nach blöd-gelaufenem-Date mit Betonschuhen auf dem Grund eines Sees stehen würde, dann wüßten wir wenigstens, wer höchstwahrscheinlich verantwortlich dafür wäre. Doch auch Vorschlag zwei wurde ABGELEHNT! Ganz ehrlich, wir waren ein bisschen sauer. Wir machten uns Sorgen. Aber wir konnten sie ja nicht anketten. Es ging zum Glück alles gut. Dann kam der nächste Aufreger. Für das folgende

Wochenende hatte sie DREI Sex-Abenteuer hintereinander geplant. Freitag ein Mann, Samstag ein Paar und Sonntag ein weiterer Mann. Manch einer wird sagen, sie ist Single und muss niemandem Rechenschaft ablegen. Sie kann doch machen was und soviel sie will. Ja, ist schon klar. Aber gerade ich hatte damit meine Probleme. Mir ging es jetzt so wie ihr, als Tina und ich die sexuelle Beziehung zu ihr beendet hatten und anfingen, in Clubs mit anderen zu vögeln. Das, was sie jetzt machte, war grundsätzlich von mir so gewollt. ICH war ja derjenige, der sie überredet hatte. Und jetzt wurde ich die Geister, die ich rief, nicht mehr los. Aber man muß es doch wirklich nicht gleich übertreiben. Kurz danach beruhigte es sich zum Glück etwas und sie hatte NUR noch ein Date pro Wochenende. Unser Verhältnis blieb aber angespannt. Alles, was ich behauptete, glaubte sie nicht und alles, was ich ihr riet, wurde ignoriert. Sie holte die letzten fünfundzwanzig Jahre im Eiltempo nach. Meine Prophezeiung, dass sie irgendwann wieder einen Mann treffen und sich in ihn verlieben würde, wurde genauso ungläubig weggewischt wie vor einigen Wochen meine Aussage, dass man Sex mit anderen haben kann, ohne sie zu lieben. Das ging nämlich plötzlich wie am Fliessband. Bis ich mit einem neuen Mr. Right recht behalten sollte, mussten aber noch einige Anwärter abgearbeitet werden. Da war der Onkologe aus Nürnberg, der im Regen auf seinem Motorrad zweihundert Kilometer runter schrubbte, um einen Abend mit ihr zu verbringen. Mein Respekt dafür! Dann noch der Streichler. Der Mann für stundenlanges body-soft-touching mit der Folge von Hautirritationen. Der Schweiger, der nicht zu Potte kam. Außerdem noch ein notgeiles Pärchen und ein Sportler aus Frankfurt. Der soll recht gut gewesen sein, obwohl es nicht ganz für den Finaleinzug gereicht hat. Ob es noch mehr waren oder zum Teil die gleichen, weiß ich nicht genau. Sie hatte zumindest nie Probleme mit dem Nachschub an Männern und Paaren für gewisse Stunden.

Ich vermute, dass deutlich mehr Single-Männer bei „JOYclub.de" angemeldet sind als Single-Frauen. Und dann sind auch noch Paare, die eine Single Dame suchen im großen Topf der Wünsche. Das heißt, jeder halbwegs interessanten Frau steht offensichtlich eine ganze Horde Männer und Paare gegenüber. Und Anne hat bewiesen, dass da eine ganze Menge gut aussehende und clevere Kerlchen dabei sind. Von ihren Kontakten hatten trotzdem einige seit fast einem Jahr keine Date Zusage bekommen. Ich könnte mir vorstellen, dass für eine Frau die Erfolgsaussichten – in welcher Hinsicht auch immer - auf einer Erotikplattform höher sind, als an einer normalen Singlebörse. Und nicht alle Männer suchen nur nach dem schnellen Sex. Viele sind auf eine echte Beziehung aus. Und wenn man selbst darauf aus ist, muss es ja kein Nachteil sein, wenn man von Anfang an die sexuellen Vorlieben des potentiellen Partners kennt. Anne jedenfalls hatte sich wohl ein bisschen verliebt. Für mich nicht überraschend. Erstaunlich nur ist nur in wen. Vor allem wenn man bedenkt, das er ein ausgewiesener Fleischesser ist, während sie als überzeugte Vegetarierin ihr Dasein fristet. Dass er raucht und sie es nicht leiden kann wenn einer qualmt. Sie regelmäßig Sport treibt und er nie. Sie auf ihren Körper und ihre Figur achtet und er ganz offensichtlich nicht. Die alte Redensart „Gegensätze ziehen sich an", stimmt scheinbar tatsächlich. Tja und was soll ich über sein Erscheinungsbild sagen. Nur so viel, die Ähnlichkeit zwischen ihrem Traummann Hugh

Jackmann („Sexiest Man Alive 2008") und ihm ist in etwa so groß wie zwischen Tom und Jerry. Ich fand es ja schon immer merkwürdig, dass sie bei einem Foto ihres Hollywood Helden in höchste Verzückung gerät und im „wirklichen Leben" plötzlich nur der Intellekt zählt. Dass sie keine hohle Nuss an ihrer Seite haben möchte, ist mir auch klar. Aber gutes Aussehen und Hirnschmalz schließen sich doch nicht aus. Oder ist das tatsächlich so? Wenn ich das auf mich beziehe, kann das nur bedeuten, dass ich entweder gutaussehend und blöd oder hässlich und klug bin. Das ist natürlich Quatsch! Selbstverständlich geht es auch anders! Blöd und häßlich geht auch. Uups. Besser nicht weiter drüber nachdenken. Auf alle Fälle waren ihre Aussichten auf einen intelligenten und gut aussehenden Kerl durchaus nicht schlecht. Manchen genügt halt auch ein halbes Stück Kuchen. Aber es ist wie es ist und nach einigem Drängen und unendlich vielen Komplimenten und Liebesbezeugungen seinerseits war die Beziehung offiziell unter Dach und Fach. Das ist auch der aktuelle Stand im Juli 2009. Leider haben wir bisher nicht den rechten Draht zu ihm gefunden. Er hat ganz andere Interessen und unterscheidet sich auch sonst ganz erheblich von mir. Erschwerend kommt hinzu, dass auch Anne sich stark verändert hat. Für uns dummerweise in die falsche Richtung. Wir hoffen allerdings, dass wir uns mit der Zeit wieder etwas annähern. Wenn nicht, wäre das sehr bedauerlich und schade. Aber hin und wieder läuft es im Leben eben nicht so wie man es sich wünscht.

Bi-Option

Ich hätte früher nicht geglaubt, dass bei so vielen Damen eine mehr oder minder stark ausgeprägte Bi-Option besteht. Nach der Analyse von jeweils hundert Persönlichkeits-Profilen hat sich herausgestellt, dass sechzig Prozent der Single-Damen und sogar fünfundsiebzig Prozent der Frauen aus einer Paarbeziehung eine mehr oder minder starke Bi-Neigung angegeben haben. Für Männer gilt dies übrigens nicht. Hier sind bei den Paaren fünfzehn Prozent und bei den Single-Herren nur etwa fünf Prozent am gleichen Geschlecht interessiert. Das Ergebnis ist sicher nicht hundert prozentig repräsentativ, aber ich glaube, die Richtung stimmt. Zwei Frauen miteinander, das ist für die Mehrheit geil und sexy. Wenn sich hingegen zwei Männer die Waden streicheln, dann heißt es meistens „Nein Danke".

Darum immer genau das Profil des potentiellen Dates durchlesen. Sonst kann es leicht zu unangenehmen Mißverständnissen kommen.

Fotografie

Dass es in den verschiedenen Communities auch Forenbereiche für Fotografie gibt, hatte ich Ihnen bereits mitgeteilt. Auch dass wir dort unseren Spezialisten gefunden haben, der uns dazu brachte, etwas zu tun, das wir uns vorher im Traum nicht hätten vorstellen können. Nun aber der Reihe nach, denn vor unserem speziellen und aufregenden Erlebnis mit ihm hatten wir zuvor noch ein weniger schönes mit einem anderen Fotografen. Der Kontakt zu ihm kam ebenfalls über „JOYclub.de" zustande. Er bezeichnete sich als Hobbykünstler. Das Foto-Shooting fand im Keller seines Elternhauses statt, wo er sich ein kleines Studio eingerichtet hatte. Unser Fotograf war ein neunundzwanzig Jahre alter, eins achtzig großer und etwa hundertzwanzig Kilo schwerer schmieriger Brocken. Aber wir wollten ja nur Fotos, sonst hätten wir sofort kehrt gemacht. Der Deal lautete wie folgt: Jeder bekommt die Fotos zunächst nur für den Privatgebrauch. Jegliche öffentliche Verwendung bedarf einer Genehmigung der anderen Partei. Das wurde sogar schriftlich fixiert und ich würde es jedem bei einem ähnlichen Vorhaben dringend empfehlen es genauso zu machen. Kosten würden uns keine entstehen. Die Bilder sollten auch nicht entwickelt, sondern nur auf DVD gespeichert werden.

Der Anfang war noch ganz entspannt. Er machte zunächst Bilder von meiner Frau in verschiedenen aufreizenden Outfits. Hin und wieder korrigierte er ihre Pose oder gab ihr Anweisungen, was sie als nächstes tun sollte. Soweit ich es beurteilen kann, machte er seine Sache für einen „Hobbykünstler" erstaunlich gut. Jedenfalls war ich von den Bildern, die ich auf dem

Display seiner Kamera sehen konnte, beeindruckt. Er kam langsam immer mehr in Fahrt und feuerte Tina regelrecht an. Nach einiger Zeit forderte sie eine Pause. Anschließend wollten wir, dass er uns – wie vorher vereinbart – als Paar ablichtet. Jetzt gab Tina so richtig Gas. Wir posierten in verschieden Stellungen und taten so, als ob wir sexuelle Handlungen praktizieren würden. Ich stand beispielsweise völlig nackt mit dem Rücken zum Fotografen. Tina kniete so vor mir, dass ihr Gesicht nur teilweise zu sehen war. Meinen halb erigierten Schwanz hielt sie in der Hand. Der Winkel, aus dem er uns jetzt fotografierte, war so gewählt, dass der Betrachter den Eindruck gewinnen mußte, als würde mein Schatz mir größte Wonne bereiten. Sie wissen was ich meine. Das war schon ziemlich prickelnd. Allerdings prickelte es nicht nur bei uns, sondern augenscheinlich auch bei unserem Fotografen. Plötzlich kam er dauernd zu uns herüber. Er korrigierte uns nun nicht mehr nur verbal, sondern zupfte Tina entweder am Strumpfgürtel oder betatschte sie an der Hüfte, um sie mit seinen kurzen fleischigen Fingern in eine andere Position zu schieben. Als er sie auch noch umarmte, „toll gemacht" rief und sie anschließend mit „Schätzchen" titulierte, wurde es langsam unangenehm. Wir blickten uns unsicher an. Zum Glück gab es eine weitere Unterbrechung, denn er mußte den Akku seiner Kamera wechseln und verließ dafür kurz den Raum. Wir waren uns einig, dass er bereits eine Grenze überschritten hatte. Beim nächsten Annäherungsversuch würden wir das Fotoshooting abbrechen. Zusätzlich überlegten wir uns eine Taktik, wie wir das Ganze noch einigermaßen über die Bühne bringen könnten. Nachdem wir solange durchgehalten hatten, wollten wir die Fotos jetzt unbedingt haben. In der folgenden dreiviertel Stunde drehte sich Tina einfach weg, wenn er mal wieder auf sie zu kam. Oder ich stellte mich zwischen die beiden und blockierte so den Weg. Nach dem dritten Versuch hatte er es scheinbar geschnallt. So konnten wir die Session noch zu Ende bringen und hielten zu guter Letzt unsere DVD mit den Bildern in den Händen. Die Verabschiedung fiel kurz und knapp aus. Schnell machten wir uns anschließend aus dem Staub. Wir haben seitdem nichts mehr von ihm gehört.

Die Bilder dieses ersten Fotoshootings sind eher traditionell gestaltet. Sozusagen Aktfotos im herkömmlichen Sinn. Von den Bildern der darauf folgenden Fotosession kann man das jedenfalls nicht behaupten. Nach dem ersten Kontakt über „JOYclub.de", telefonierten wir zunächst mit Bernd, so hieß der Profi, um ein unverbindliches Treffen zu vereinbaren. Unser Navi führte uns zuverlässig ans Ziel in den Nordwesten von Frankfurt. Er hat ein beeindruckend großes Haus. Sein Job läuft anscheinend sehr gut. Vielleicht hat er aber auch nur geerbt oder reich geheiratet – wer weiß das schon.

Wir suchten die Klingel. Scheinbar war der Eingang im ersten Stock, denn oben am Ende der Treppe war ein Türschild zu erkennen. Wir hatten kaum geklingelt, schon öffnete sich die Tür. Da stand er. Anfang fünfzig, rattenkurzgeschorene Haare, Nickelbrille, weißes T-Shirt und ausgewaschene Jeans. Irgendwie fand ich ihn sofort sympathisch. Er strahlte unheimlich viel Ruhe und Gelassenheit aus. Nach kurzem Händedruck führte er uns die Treppe herunter und ums Haus herum. Wir befanden uns jetzt auf der Rückseite des Gebäudes, mitten im Garten, vor uns ein großes schönes Gewächshaus. Zur

Einführung zeigte er uns zuerst sein Fotostudio, das er im Souterrain des Hauses eingerichtet hat. Ich kann es schlecht beurteilen, aber ich fand es sehr groß und die Ausstattung sah höchst professionell aus. An der Decke waren die verschiedensten Lampen, Schirme und Reflektoren an einem Gerüst montiert, wie man es aus Konzerten oder Discotheken kennt. Zusätzlich standen noch etliche Stative und sonstige Halterungen mit aufgepflanzten Blitzlichtern und Diffusoren herum. Mehrere Kameras und diverse Objektive lagen aufgereiht auf einem großen weißen Tisch. Während der Führung erzählte er uns etwas über seine Arbeit. Hauptsächlich verdient er sein Geld mit Werbefotografie, macht aber auch hin und wieder mal Bilder für eine Reportage. Er zeigte uns die Aufnahmen seines letzten Ausland-Projekts, das er für eine große bekannte Illustrierte durchgeführt hatte. Zu einem Bericht über eine kambodschanische Tempelanlage hatte er die Fotos beigesteuert. Unglaublich, wie er das Licht- und Schattenspiel eingefangen hatte. Sehr, sehr beeindruckend. Allerdings entsprach das Bild nicht der Realität, wie er uns erklärte. Er hatte über mehrere Stunden unter verschiedenen Lichtverhältnissen und zusätzlicher Beleuchtung mehrere Fotos gemacht, die danach digital übereinander gelegt wurden. Die Technik macht es möglich, dass wir Dinge sehen, die so gar nicht existieren. So ist das halt. Die Bilder von heute sind auch nicht mehr das, was sie mal waren. Alles Lug und Trug. Entschuldigen Sie, ich bin mal wieder abgeschweift. Es geht ja schon weiter.

Da es ein schöner sonniger Frühlingstag war, führte er uns schließlich wieder nach draußen. Wir hatten zuerst gedacht, das Gewächshaus würde die Grenze des Gartens markieren. Unser Eindruck hatte uns jedoch getäuscht. Es teilt nur den Garten auf seiner vollen Breite. Man muß durch den Botaniktempel hindurch, um in den hinteren Teil des Gartens zu gelangen. Also die vordere Tür auf und rein. Irgendwann baue ich mir auch so ein Ding. Der absolute Hammer. Der ein oder andere kennt vielleicht die Gewächshäuser im Frankfurter Palmengarten. Das hier ist eine Miniausgabe davon, mit schätzungsweise achtzig Quadratmetern Fläche. Durch die Hanglage bedingt, ging es zwischen Farnen und Palmen über einen kleinen Pfad hinab auf die andere Seite. Hier wieder raus in die zweite Hälfte des Gartens. Vor uns lud eine Vierergruppe Korbsessel und ein Tisch zum Verweilen ein. Bernd forderte uns auf, Platz zu nehmen. Er fragte, was wir trinken wollten und ließ uns dann kurz allein. Als er zurück kam, hatte er außer unseren Getränken noch zwei Bücher dabei. Er legte sie vor sich auf den Tisch. Bevor er sie uns rüber schob, merkte er noch an, dass ihn die normale Aktfotografie eigentlich nicht sonderlich interessieren würde. Und das er mehr das Authentische suche. Doch jetzt sollten wir uns erst mal ein Bild davon machen, was er damit meinte. Jeder bekam ein Buch zugeteilt. Wir blätterten, während er lässig die Beine überschlagen hatte und uns beobachtete. Nach den ersten Seiten wussten wir, was er meinte. Ich war etwas geschockt. Die Bilder zeigten den sexuellen Akt zwischen Mann und Frau. Sozusagen ungeschminkt und nicht gestellt. Und das im Detail. Das also verstand er unter authentisch. Wir waren sehr still, was eher ungewöhnlich für uns ist, denn eigentlich sind wir zwei ausgesprochene Plappermäuler. Wir blätterten weiter. Auf einem Bild mit einer Fellatio Szene war das Gesicht der Frau deutlich zu sehen. Wenn es die Dame von der

Supermarktkasse gewesen wäre, hätte ich sie sofort erkennen können. Das war schon ziemlich heftig. Vor allem, weil die Bilder auch noch veröffentlicht worden sind. Ein paar Buchexemplare hatte er bestimmt verkauft. Er sagte etwas von einer tausender Auflage und ich nehme nicht an, dass das gesamte Kontingent im Keller des Verlags verstaubt. Quasi versteckt vor den Augen der Öffentlichkeit.

Was sollten wir nun sagen zu diesen pornografischen Kunstwerken. Ich ergriff schließlich das Wort und teilte ihm meine Bedenken hinsichtlich der Erkennbarkeit der Personen mit. Tina stimmte mir sofort zu. Bernd grinste leicht und fragte, was uns sonst noch durch den Kopf gehen würde. „Na, ob das überhaupt klappen würde", antwortete ich. Sex zu haben, wenn jemand mit der Kamera um uns herumspringt. Das sich bei mir was rühren würde, dafür könnte ich nicht garantieren. Seine Antwort war simpel und entwaffnend: „Erstens brauche ich keine Garantie. Es kann gar keine Garantie geben. Wenn es nicht geht, dann geht es eben nicht. Auch wenn ich dafür bereits einen gewissen Aufwand in Kauf genommen habe. Das ist mein persönliches Risiko." Zweitens gibt es eine vertragliche Vereinbarung hinsichtlich der Veröffentlichung und Auswahl der Bilder. Und drittens, was das Umfeld und die Atmosphäre anbelangt, soll das Ganze bei euch zu Hause in vertrauter Umgebung stattfinden." Außerdem würde er sich in größter Zurückhaltung üben und es kämen keinerlei Anweisungen von seiner Seite. Wir sollten uns so frei und ungezwungen verhalten wie nur irgend möglich.

Bei uns zu Hause sollte es also stattfinden. Auch das noch. Wir erklärten ihm, dass wir Kinder hätten und im

Erdgeschoss auch noch meine Schwiegereltern wohnen würden. Und meine große Tochter und ihre Oma sind, was die Neugier angeht, kaum zu übertreffen. Es würde mich nicht wundern, wenn sie tagtäglich am geöffneten Fenster auf ein Kissen gestützt das Treiben auf der Straße beobachten würden. Nur um nichts zu verpassen. Aus diesem Grund sind private Treffen bei uns praktisch nicht möglich. „Dann schickt sie halt alle ins Kino", warf Bernd ein. „Zwei Stunden sturmfreie Bude sollten uns genügen." Er ließ nicht locker. Scheinbar spürte er, dass wir uns gerne unter vier Augen austauschen wollten und so gab er vor, kurz auf die Toilette zu müssen. Bevor ich anfangen konnte hatte Tina schon das Wort ergriffen und sprudelte los. Die Details dieser drei minütigen Diskussion sind weniger interessant, denn sofort war klar, dass er Tina bereits überzeugt hatte. Sinnlos, sich dagegen zu wehren!? Aber ich machte ihr klar, dass das zeitgleiche Auslagern der Kinder samt Großeltern ihre Sache wäre. Bernd kam zurück und musterte uns. Ich schaute ihn an und sagte:„Also gut, lass es uns versuchen. Aber wenn es dann doch nicht geht, dann lassen wir es sein oder brechen es ab." „Selbstverständlich! Kein Thema! Versprochen!" gab er zurück. Damit war alles geregelt.

Und da ich Ihnen, sehr geehrte Leser, sicher schon wieder lange genug mit dem ganzen Drumherum auf den Geist gegangen bin, erspare ich Ihnen die weitere Beschreibung unseres Besuches bei Bernd und mache an dem Tag weiter, an dem unser besonderes Fotoshooting stattfinden sollte.

Oma, Opa und die zwei Gören waren in den Zoo gefahren. Viel Zeit für Schweinkram und andere Dinge, bei denen man nicht unter Beobachtung stehen möchte.

Pünktlich um halb drei klingelte es an der Haustür. In Boxershorts aus Leder und schwarzem Muskelshirt ging ich nach unten um ihm zu öffnen. Grinsend stand er da. Das gleiche Outfit wie bei unserem Besuch, nur dass er jetzt noch eine Fototasche über die Schulter gehängt hatte. Ich führte ihn nach oben und bot ihm gleich einen Kaffee an, den er aber dankend ablehnte. Er erkundigte sich nach meinem Befinden. „Ich bin ein bisschen nervös", war meine Antwort. „Kein Problem, wir lassen es langsam angehen. Vielleicht zeigst Du mir erstmal den Raum, wo ihr fotografiert werden wollt. Wo ist eigentlich deine Frau?" „Die hat keinen Bock, darum habe ich einen Freund gebeten als Ersatz einzuspringen." „Haha, sehr witzig." Er nahm es mir nicht ab. Ich führte ihn ins Schlafzimmer, wo Tina bereits wartete. Auch sie war bereits umgezogen. Heute trug sie ihr hellblaues Negligé, blickdichte weiße Kniestrümpfe mit hellblauen Schleifchen und die megahohen Plateau-High-Heel Pantoletten aus Plexiglas. Sie saß auf einem Stuhl, die Beine eng aneinander gestellt, so dass kein Blick auf ihre Mitte fallen konnte. Ihre Hände ruhten auf ihren Knien. Brav und unschuldig wie ein Schulmädchen sah sie von hier oben aus.

Zur Erklärung, unser Schlafzimmer liegt eine halbe Etage tiefer als der Rest der Wohnung. Direkt nach der Eingangstür geht es zwei Stufen nach unten auf ein Plateau. Von dort läuft die Treppe links an der Wand entlang, bis zum Boden. Der Raum ist ungefähr siebenundzwanzig Quadratmeter groß und beherbergt nicht nur unser Bett und einen Schrank, sondern auch noch einen Schreibtisch mit zugehörigem Bürostuhl. Bernd war auf dem Plateau stehen geblieben. Er hatte Tina zugewinkt und sich dann einen ersten Überblick verschafft. Bernd war ganz begeistert von der erhöhten Position, die sich ihm hier bot. Ihm eröffnete sich dadurch eine ganz besondere Kamera-Perspektive. Nach weiteren zehn Minuten Small talk hatte sich meine Nervosität etwas gelegt. Ich wollte jetzt langsam anfangen, bevor ich es mir doch noch anders überlegen würde. Daher trieb ich die beiden anderen ein bisschen an. Bernd fing sogleich an, in seiner Fototasche zu wühlen und Tina zupfte ihr Kleidchen zurecht. Zum Zeichen, dass er bereit war, streckte Bernd seinen Daumen in die Höhe. „Willst Du hier sitzen bleiben?", fragte ich an meine Frau gerichtet. „Wenn das für dich okay ist." „Ja klar Schatz. Mach es Dir bequem und lehn Dich einfach zurück." Mit ihrem Po war sie nun etwas nach vorne gerutscht und ihr Kopf ruhte auf der Rückenlehne des Stuhls. Sie schloss die Augen. Da meine Anspannung noch nicht ganz verflogen war und sich das auch bei meinem kleinen Prinzen zeigte, nutzte ich die Situation, um für mich einen leichten Einstieg zu finden. Ich drehte den Stuhl, stellte mich vor sie und ging dann in die Hocke. Meine Hände griffen nach den kalten Plexiglas-Absätzen ihrer Schuhe. Ich beobachtete sie. Sie sah so süß aus. Langsam wanderten meine Finger über ihre Waden und ihre Kniekehlen. Es kitzelte scheinbar, denn sie zuckte ein paar mal. Ich hielt kurz inne, um an den süßen Schleifchen die am Saum ihrer Strümpfe angebracht waren zu spielen. Dann setzten meine Hände ihre Reise fort und streichelten ganz langsam die Innenseiten ihrer Oberschenkel. Nun richtete ich mich ein wenig auf, um ihre Brüste küssen zu können. Nachdem ich einen ihrer Träger abgestreift hatte, bog sie den Rücken und reckte mir aufreizend ihre nackte Brust entgegen. Sie war bereits erregt. Ihre steil aufgerichteten

Nippel zeigten es an. Ich konnte mich noch immer nicht voll auf meine Süße fokussieren. Im Hintergrund, schräg über mir auf der Treppe, nahm ich Bernd wahr, wie er, aus dieser für ihn besonders günstigen Position heraus, die ersten Fotos schoss. Ich versuchte mich noch stärker auf die schönen Rundungen meiner Frau zu konzentrieren. Mit einer Hand knetete ich sanft ihre linke Brust, während meine Zunge an der Brustwarze der anderen spielte. Gleichzeitig suchten meine Finger nach der Öffnung ihrer Yoni. Der Weg in ihr Innerstes war schon bereitet. Eine feuchte Spur zeigte mir die Richtung an, die mein Finger nehmen sollte. Ihr Fötzchen ist so wunderschön und zart. Wie immer war es ein unbeschreiblich erregendes Gefühl für mich, als meine Finger das warme, feuchte und weiche Gewebe ertasteten. Ich war jetzt ganz tief in ihr. So tief, dass ich das Ende der Höhle erfühlen konnte. Jetzt fing ich mit langsamen rhythmischen Stoßbewegungen an. Sie seufzte kurz auf und schob mir ihren Schoß noch ein weiteres Stück entgegen. Mein Geilheitspegel war mittlerweile deutlich gestiegen. Mit der freien Hand kontrollierte ich meinen kleinen Prinzen. Das Ergebnis war überzeugend und beruhigend zugleich. So konnte es weiter gehen. Er war knochenhart und bereit für das, was noch kommen sollte. Ich erklärte die Liebkosungen ihres Busens für beendet und wandte mich vollends der heißen Zone zu. Die Haut in ihrer Mitte war völlig glatt rasiert. Kein Härchen versperrte den Blick auf den Bereich, von dem ich mich magisch angezogen fühlte. Sie reagierte wie immer sofort auf mein Zungenspiel. Mit beiden Händen zog ich die Schamlippen ein wenig auseinander. Die Spitze ihrer Klitoris kam zum Vorschein. Wie eine Miniausgabe eines Penis streckte sie mir ihr Köpfchen entgegen. Meine Süße zuckte kurz zusammen, als meine Zunge sie an dieser höchst empfindlichen Stelle berührte. Ihre Fingernägel krallten sich in meine Schultern. Dieses Bekenntnis ihrer Lust machte mich nur noch geiler. Besonders gerne mag sie es, wenn Vagina und Klitoris gleichzeitig stimuliert werden. Also ließ ich meine Zunge kreisen und meine Finger weiter stoßen. Ihr heftigeres Stöhnen belohnte mich für meine Bemühungen. Da ich keinen Bereich auslassen wollte, packte ich ihre Füße, hob sie an und legte sie auf meinen Schultern ab. Dadurch hob sich ihr Po ein wenig und nun konnte ich auch ihren 2. Eingang meinen Reizungen aussetzen. Mit dem Saft aus ihrer Liebesgrotte befeuchtete ich diesen Bereich der besonderen Lust. Ganz sanft strich ich mit dem Finger darüber. Wenn ich schnell mit der Zunge auf ihren Kitzler einwirkte, konnte ich sehen, wie sich der Anus anspannte. Er zog sich regelrecht zusammen. Und wenn meine Zunge ihr Spiel einstellte, entspannte er sich sofort wieder. Diese Entspannungsphase nutzte ich, um ein kleines Stück mit meinem Mittelfinger in die dunkle Höhle einzudringen. Sie wehrte sich nicht. Dann stimulierte ich wieder ihren Kitzler, hörte wieder auf und drang noch ein Stück tiefer in sie ein. Das wiederholte ich drei oder vier Mal. Solange, bis mein Finger ganz in ihr verschwunden war. Nun begann ich zu stoßen. Nicht zu schnell, aber gleichmäßig und über die volle Länge meines Fingers. Nach ein paar Stößen nahm ich noch den Zeigefinger hinzu. Jedoch führte ich ihn nicht in den süßen Arsch ein, sondern stopfte damit ihr heißes Fötzchen. Ihr Lustbereich wurde jetzt komplett bedient, was sie auf dem Weg zum explosiven Ende schnell voran brachte. Ich mußte mich tatsächlich ein wenig zurück nehmen, sonst hätte ich nicht mehr viel davon. Zunächst verlangsamte ich meine Bemühungen, ihr einen Lustschauer nach dem anderen durch den Körper zu jagen. Und nach einer Weile stellte ich mein Tun schließlich ganz ein. Ich richtete mich auf und küßte sie zärtlich auf den Mund. Dann stand ich vollends auf und zog sie zu mir hoch. Ich drückte sie an mich und küßte sie ein weiteres Mal. Jetzt nur wesentlich intensiver. Sie konnte ihren eigenen Saft schmecken, der noch an meinen Lippen klebte. Mein Schwanz drückte derweilen gegen ihre Hüfte. Wir lösten uns voneinander und ich zog sie hinter mir her zum Bett. Als ich mich darauf setzte und mich nach hinten fallen ließ, war ihr klar, wonach mir der Sinn stand. Sie ging in die Hocke. Im Spiegel, der schräg an der Wand neben dem Bett angebracht ist, konnte ich mich an dem Bild ergötzen, das sie mir bot. Ich liebe diesen Blick von der Seite. Sie thront dann auf ihren hohen Hacken, und der Rand ihrer halterlosen Strümpfe blitzt verführerisch unter ihrem Kleidchen hervor. Mit einem Ruck streifte sie mir jetzt die Unterhose ab. Dabei blieb mein Schwengel am Bund der Hose hängen und wurde ein Stück mit nach unten gezogen. Als er schließlich doch über die Stoffkante rutschte, wippte er zurück und schlug klatschend auf meiner Bauchdecke auf. Gierig griff sie zu. Ihr Kopf senkte sich herab. Sie öffnete den Mund und nahm meinen kleinen Prinzen in sich auf. Sogleich fing sie kräftig an zu saugen, während sie mit den Händen meine Hoden und den Eingang zu meiner Mokkahöhle massierte. Auf einen sanften Einstieg hatte sie verzichtet und schien lieber gleich richtig loslegen zu wollen. Dies wurde noch durch den Umstand untermauert, dass bereits nach der ersten Minute ein Finger in meinem empfindlichen Arsch herum stocherte. Sie zahlte mir mal

74

wieder Gleiches mit Gleichem heim. Plötzlich hatte ich eine Bewegung wahr genommen. Was mir die Tatsache wieder ins Gedächtnis rief, dass wir nicht alleine waren. Bernd hatte seine Position verändert und stand jetzt etwa zwei Meter vor unserem Bett. Ich denke, wir boten ihm ein hervorragendes Motiv. Die Bemühungen meiner Frau waren jedoch so intensiv und wohltuend, dass er schnell wieder aus meiner Wahrnehmung verschwand. Sie machte es mir jetzt ungewöhnlich hart. Das war normalerweise gar nicht ihre Art. Sie hatte sich wohl so richtig reingesteigert. Der zweite Finger, den sie mir noch zusätzlich in den Arsch rammte, war mir fast zuviel. Ich wollte aber auch nicht dass sie aufhörte. Das süße Gefühl aus Lust und Schmerz sollte noch nicht enden. Ich reckte ihr meinen Schwengel noch mehr entgegen. Sie sollte ihn so tief wie möglich in sich aufnehmen. Im Eifer des Gefechts kam ich etwas zu tief, worauf ein kurzes Würgen zu vernehmen war. Unbeirrt ließ sie ihrer Lust jedoch freien Lauf. Kurz gab sie den vom Speichel naß glänzenden Penis frei, begutachtete ihn prüfend und machte schließlich dort weiter, wo sie gerade aufgehört hatte. So konnte das aber nicht mehr lange gehen, sonst würde ich ihr meinen Samen entgegen schleudern. Wieder hatte ich unseren Fotografen im Kopf und auch im Blick. „Bitte nicht weiter Schatz, ich will noch mit dir ficken!" Sie hörte sofort auf und blickte mich grinsend an. „Soso, ficken willst du noch. Dann komm und leg dich auf den Boden. Ich bedien mich schon selbst." Da ich fast immer mache, was mir aufgetragen wird, leistete ich auch diesmal ihrer Anweisung Folge. Bernd hatte ja alles mitbekommen und war bereits etwas zur Seite gehuscht. Ich zuckte kurz zusammen, denn der glatte Laminat-Boden fühlte sich unangenehm kalt auf meinem blanken Hintern an. Doch als meine Frau über mir in die Hocke ging, hatte ich es bereits verdrängt. Ihre Hand griff nach meinem Penis. Nun schob sie ihn in die richtige Position und senkte sich langsam auf ihn herab. Wie ein heißes Schwert teilte er ihre feuchte Spalte. Während sie anfing, sich auf und ab zu bewegen, hielt ich mich an den Absätzen ihrer Schuhe fest. Jetzt erhöhte sie das Tempo und ich schob mich ihr im gleichen Rhythmus entgegen. Auf dem harten Boden ist das Gefühl viel durchdringender und intensiver als auf einer weichen Matratze. Schnell erhöhte sich jetzt unser Puls und auch die Atmung kam schon stoßweise. „Ja komm, fick mich hart. Gib's mir!" Jetzt rammte sie ihn sich förmlich in die Fotze. Sie war nicht mehr zu bremsen. Immer wieder bis zum Anschlag wurde mein bestes Stück tief in ihr versenkt. Sein Kopf stieß an ihrem Ende an. Morgen würde ich es beim Pinkeln spüren. Jetzt war es mir egal. In mir war nur noch pure Lust. Immer weiter ficken. „Los los, ich will jetzt endlich abspritzen." Ich war fast am Ziel, nur noch ein kleines Stück. „Stoß zu!" Meistens kommen wir gleichzeitig, aber diesmal nicht. Durch die zwischenzeitlichen Ablenkungen war meine Erregungskurve immer wieder ein Stückchen abgeflacht und dadurch war ich heute einfach etwas später dran als meine süße Maus. Sie explodierte. Ein langgezogener Orgasmus schüttelte sie durch. Trotzdem ließ sie in ihrer Bewegung kaum nach. Es ging immer noch auf und ab. Auch sie konnte es jetzt nicht mehr abwarten, dass sich mein Samen in sie ergießt. Nachdem wir nicht gemeinsam zum Höhepunkt gekommen waren, wollte ich wenigstens mein bevorzugtes Finale. Mit letzter Kraft brachte ich ein „Hör bitte auf!" heraus. „Mach's mir mit dem Mund." „Mir kommt's jetzt gleich." Gerade noch rechtzeitig stoppte sie die Bewegung und hörte auf mich zu reiten. Trotzdem mußte ich meinen Schwanz ganz fest drücken, um den vorzeitigen Abschuss zu unterbinden. Dann machte sie sich auch schon wieder mit Mund und Hand über ihn her. Sie war immer noch ganz aufgedreht und saugte und leckte wieder heftig an ihm. Es dauerte keine Minute. Der Reiz ihres Fingers an meinem Arsch gab mir den Rest. Das Sperma rauschte durch meinen Schaft und schoß ihr in den geöffneten Mund. Bevor sie ihn schließen konnte, tropfte das meiste wieder heraus. Die zweite Ladung behielt sie aber in sich, so wie den Rest, den er ihr noch spendete. Genüßlich leckte sie am Schaft entlang, bis nichts mehr zu sehen war.

Während ich versuchte mich aufzusetzen, sagte ich zu ihr: „Das war unglaublich gut, mein Schatz. Du warst wieder einmal große klasse. Wir sind ganz schöne Schweine! Treiben es miteinander vor laufender Kamera. Unglaublich oder?" Darauf entgegnete sie nur ganz trocken: „Ist mir doch egal. Ich fand es super geil und würde es immer wieder machen."

Bernd erhob sich aus seiner Bewegungsstarre und auch er lächelte. Es schien, als ob alles zu seiner vollsten Zufriedenheit gelaufen wäre.

Schon nach kurzer Zeit hatten wir uns wieder völlig entspannt. Wir zogen uns schnell etwas über und Bernd zeigte uns die ersten Highlights des Shootings auf dem Display seiner Kamera. Danach waren wir umso mehr überzeugt, dass dieses Experiment kein Fehler gewesen war. Schöne, ästhetische Bilder und auf den meisten waren wir gar nicht richtig zu erkennen. Ich sagte ihm noch, dass es nach der kleinen Anlaufphase erstaunlich einfach war, ihn fast vollständig auszublenden. Er entgegnete mit schelmischem Grinsen, dass er sich alle

Mühe gegeben hätte, nicht aufzufallen. Außerdem hätten wir ihn doch sowieso nicht wahrgenommen. Seinem Gefühl nach, hätten wir die Welt um uns völlig vergessen, als wir richtig innig miteinander verbunden waren. Dann packte er zügig seine Sachen. Er meinte, wir sollten erst mal richtig zur Ruhe kommen und dabei würde er nur stören. Über die Bilder im Detail, was Freigabe oder Vernichtung einzelner Fotos betrifft, könnten wir sowieso erst sprechen, wenn er die Bilder nachbearbeitet hätte. Ich brachte ihn noch zur Tür und wir verabschiedeten uns herzlich.

Bereits nach wenigen Tagen hielten wir die DVD mit unseren Bildern in den Händen.

Alles war perfekt gelaufen. Ich glaube, das Ganze geht nur mit einem Typen wie Bernd einer ist. Ruhig, gelassen, souverän und völlig unaufdringlich. Ein Profi eben. Und für uns war es eine schöne, außergewöhnliche Erfahrung.

Na endlich

Tattaa, was soll ich sagen? Es hat geklappt! Wir waren gestern in der Oase. Mit Uli und Ralf. Und es geht also doch! Sind Sie verwirrt? Also, ich habe doch erwähnt, dass es da etwas gibt, das wir im Bezug auf die beiden ein bisschen bedauern. Jetzt klingelt's oder!? Ja genau! Partnertausch mit GV. Dazu kam es bisher nämlich nicht. Wir hatten ihnen ja schon den einen oder anderen Hinweis gegeben, dass dem von unserer Seite aus nichts im Wege stehen würde. Aber der Reihe nach. Erst hatten wir gemeinsam an einem Tantra Massage Workshop teilgenommen, den der Club an diesem Abend angeboten hatte. War übrigens eine nette Erfahrung. Kann ich jedem nur empfehlen. Uli hatte uns danach in ein Spielzimmer geschleppt. Das Zweite oben links. Ich hatte nach dem Shakra Shiva und mach ma tee (oder so ähnlich) nicht allzu viel Lust. Ich war viel zu entspannt. Aber Uli war der Meinung, dass wir nun unbedingt Sex haben sollten. Also beorderte ich meine Frau auf die Matte und pflanzte mich in gehörigem Abstand in die hintere Ecke. Ralf machte es sich schräg gegenüber bequem. Die Damen gönnten sich gegenseitig intensive Streicheleinheiten. Wir Männer beobachteten nur das Spiel ihrer Zungen und Finger. Es war zwar schön anzuschauen, aber bei mir regte sich nichts. Lust auf Level Null. Bei Ralf war das ganz offensichtlich anders. Seine körperliche Reaktion auf das Treiben, dass sich vor uns abspielte, war überdeutlich sichtbar. Als meine Frau gerade ihren Kopf zwischen Ulis Schenkeln vergraben hatte, konnte Ralf seine Finger nicht von ihr lassen. Der süße Arsch reckte sich keine fünfzig Zentimeter entfernt von ihm in die Höhe. Ich hielt mich nach wie vor zurück und streichelte nur hier und da mal eine der Damen. Eine Zeitlang ging das so weiter. Alle mischten kräftig mit, nur ich nicht. Am Ende hatten Uli und Ralf noch finalen Sex. Ihr wisst schon: GV. Das ist aber alles gar nicht so wichtig. Das Wichtigste kam erst später, als wir wieder unten waren. Denn da machte Ralf so eindeutige, zweideutige Bemerkungen. Wir würden uns ja jetzt schon länger kennen. Außerdem würden wir ja auch ein gemeinsames spezielles Fotoshooting planen. Und da wäre es doch an der Zeit, ein bisschen weiter zu gehen. Außerdem hätte er vorhin meiner Frau am liebsten seinen Riemen von hinten ihr süßes Fötzchen geschoben. Na endlich, dachte ich bei mir und bin natürlich gleich darauf angesprungen. Ich habe ihm dann unmissverständlich klar gemacht, dass er sich diesbezüglich nicht zurückhalten muss. Wie meine Frau dazu steht weiß ich ja. Im Gegenzug bekam ich sozusagen auch die Erlaubnis, das Gleiche mit Uli zu veranstalten. In der zweiten Runde nutzte ich das natürlich gleich aus. Diesmal war Ralf eher in der Beobachterrolle. Ich glaube, es war für ihn nicht ganz einfach, seine Frau mit einem anderen Mann zu sehen. Ich kam bis zum Schuss. Natürlich alles gummigeschützt. Wir ließen sie dann alleine und Ralf legte bei Uli noch mal nach. Tina und ich mussten grinsen, denn wir kennen das! Mir geht es manchmal genauso, nachdem meine Frau mit einem anderen Mann gevögelt hat. Ich nenne es Revier markieren. Ich weiß, typisch Mann und eigentlich total bescheuert.

Die Voldemorts

Ich bin mal wieder völlig von meinem geplanten Verlauf abgekommen. Das mit Uli und Ralf von gestern Abend musste einfach raus. Ich möchte aber jetzt zeitlich noch mal zurück springen. Und zwar zum zweiten Step nach dem Beginn unserer Clubkarriere. Es geht um unser erstes privates Treffen. Wir waren von einem Paar eingeladen worden, das wir zuvor schon im Club getroffen hatten. Er ein netter, durchschnittlich attraktiver Kerl. Sie eine wunderhübsche langhaarige Blondine. Und das Beste, sie hatten ein Faible für High Heels. Im Club war es schon ziemlich heiß hergegangen. Eine der seltenen Bekanntschaften, die sofort zum Partnertausch bereit gewesen waren. Er stand auf Tina, sie stand auf mich, ich stand auf sie und er war für Tina akzeptabel. Nicht nur bei der Kommunikation lagen wir sofort auf einer Wellenlänge. Eigentlich darf ich das ja gar nicht sagen. Aber der Fick fand ohne Gummischutz statt. Im nach hinein natürlich völlig bescheuert. Die einzige Ausrede, die mir dazu einfällt ist: Sie sind wie wir schon seit ewigen Zeiten zusammen und angeblich einander immer treu gewesen. Genau wie wir. Außerdem ließen wir uns als blutige Anfänger von der aufgeheizten Stimmung mitreißen. Als das Ganze richtig ins Rollen kam, war es einfach nicht mehr zu stoppen. Mit seiner Erlaubnis – eigentlich war es eher eine Aufforderung - bin ich sogar in ihr gekommen. Hammer oder!? Was hätte da alles passieren können. Von Schwangerschaft bis hin zur tödlichen Krankheit. Also bitte nicht nachmachen. Auch bei uns kam das danach nie wieder vor. Aber der Abend war richtig geil gewesen. Sie sahen das scheinbar genauso und so wurden wir von ihnen eingeladen. Wir sollten sie in ihrem Heim beehren. Sie versprachen uns kulinarische und fleischliche Genüsse. Ersteres konnte leider nicht gehalten werden. Die Spaghetti und der Salat den sie uns auftischten waren einfach nur fad. Aber der Reihe nach.

Zur ihrem Haus in der Nähe von Heidelberg führte uns zuverlässig wie immer unser Tom Tom Navigationsgerät. Ich bin echt froh, dass es diese Dinger gibt. Wenn ich an früher denke, als meine Frau mich mit der Straßenkarte auf dem Schoß durch die Gegend lotste. Furchtbar. Sie hat es bis heute nicht geschafft, ihre Probleme mit den Richtungsangaben zu lösen. Ist das vorstellbar, mit vierzig Jahren kann sie sich immer noch nicht merken, wo rechts und links ist. Links ist da, wo der Daumen rechts ist. Das weiß doch jeder. Auf jeden Fall endete das mehr als einmal in einem mittleren Ehekrach. Sehr ungünstig, wenn man noch Erotisches vor hat.

Aber wie gesagt, dank Navi kamen wir ganz entspannt bei ihnen an. Ein schnuckeliges Häuschen mit blauen Fensterläden war das erste, was unsere Augen zu sehen bekamen. Wir waren kaum aus unserem Auto gestiegen, da öffnete sich auch schon die Haustür. Mein männlicher Gegenpart trat heraus und winkte uns zu. Er begrüßte uns herzlich und forderte uns auf herein zu kommen. Im Flur sauber aufgereiht standen die hohen Hacken seiner Frau. Wenn mich nicht alles täuschte, waren sogar ein paar Louboutin's mit der typisch roten Sohle dabei. Nix für arme Leut. Mir lief schon das Wasser im Mund zusammen. Und das nicht wegen des Essens. Er lotste uns in die Küche, wo sein holdes Weib energisch in einem Kochtopf herum fuhrwerkte. Sie sah deutlich leckerer aus als das dargebotene Essen. Aber das hatte ich ja schon erwähnt. Während des Essens füßelte er ständig mit meiner Frau. Clever wie er ist, hatte er uns taktisch klug am Tisch platziert. Er neben meinem Knuffi, ich neben seinem. Meine Füße blieben brav bei mir. Wohlerzogen wie wir sind, hatten wir unsere Teller leer gemacht. Unsere begleitende Unterhaltung enthielt nichts Erwähnenswertes. Nach dem Essen wurde es deutlich interessanter. Nein nein, nicht das, was Sie schon wieder denken. Das kommt erst später. Er zeigte mir seine Waffen. Wirklich, kein Scheiß. Die waren, wie er behauptete, sicher im Keller untergebracht. Ich musste also zuerst über eine morsche Holzleiter ein Stockwerk tiefer klettern. Dann staunte ich nicht schlecht, als eine große massive Stahltür in mein Blickfeld kam. Sie sah aus wie die von Dagobert Ducks Geldspeicher. Mit einem kleinen Stellrad für die Zahlenkombination und einem großen, das wie ein Steuerrad aussah und wohl dazu diente, die Tür zu entriegeln. Statt eines Bergs von Goldtalern enthielt der Raum dahinter sauber an der Wand aufgereihte Glasvitrinen, voll mit antiken Waffen. Gewehre, Pistolen, Schwerter, Messer und sogar zwei Sheriffsterne. Für die meisten Schusswaffen hatte er sogar die passende Munition und laut seiner Aussage war alles noch funktionsfähig. Wyatt Earp und Doc Holiday hätten bestimmt ihren Spaß gehabt. Da ich an sich nicht viel mit Waffen anfangen kann, interessierte ich mich vor allem für den Wert seiner Sammlung. Er zog einen Katalog aus einer Schublade, blätterte kurz darin, bis er gefunden hatte was er suchte, und hielt ihn mir dann vor die Nase. Er deutete auf ein Gewehr, das mir bekannt vor kam. Klar, es hing hinter mir an der Wand. Unter dem Beschreibungstext war der Katalogpreis angegeben. Einhundertachttausend Euro. Ich musste erst mal schlucken. Da hing ein ca. ein Meter langes Ding aus

Holz und Metall, das mehr wert war als alles, was in unserem bescheidenen Heim zu finden ist. Total verrückt. Und das war ja nur ein Stück aus seiner reichhaltigen Sammlung. Eine Pistole für fünfzigtausend, ein Säbel für achtzehntausend und selbst der Sheriffstern hatte einen Wert von fünfhundert Euro. Absoluter Wahnsinn. Davon hätte man ein schönes Eigenheim kaufen können. Er sammelt aber nicht nur Waffen sondern auch Tiere. Dazu gleich mehr. Wir kraxelten erst mal wieder hoch, wo unsere zwei Hübschen bereits ungeduldig warteten. Als nächstes erkundeten wir gemeinsam das Häuschen. Geschmackvoll eingerichtet und hauptsächlich in Eigenleistung ausgebaut. Was er nicht vergaß zu erwähnen. Aber insgesamt nichts Besonderes. Außergewöhnlich und überraschend wurde es erst wieder im Dachgeschoß. Oben am Ende der Treppe erwartete uns ein riesiger Tiger. Ein echter Tiger. Allerdings war er wohl schon eine Weile tot. Jedenfalls machte er keinen Mucks, als ich ihm in die Schnauze zwickte. Das war jedoch noch nicht alles. Gegenüber auf der halbhohen Mauer des Raumteilers thronte ein Leopard und an der Wand hing der Kopf eines Büffels. Dazu noch diverse Antilopenköpfe, zwei große Greifvögel und ein Speer und ein Schild. Was war das hier? Der kleine Zoo der toten Tiere?! Geschmacksache, aber trotzdem beeindruckend. Auch dieses zweite Sammelsurium repräsentierte bestimmt einen nicht zu unterschätzenden Wert. Das für uns Wichtigste in diesem Raum waren jedoch nicht die bewegungsunfähigen Viecher, sondern das ausklappbare Sofa. Kurze Zeit später hatten wir es in Beschlag genommen und es wurde gevögelt, geblasen und geleckt was das Zeug hielt. Und diesmal, das möchte ich ausdrücklich betonen, mit Gummi. Wie auch im Club war es ein äußert befriedigendes Erlebnis. Und wer kann schon von sich behaupten, dass er im Angesicht eines Menschenfressers von einer knackigen Blondine geritten wurde. Ich schon. Über die sexuellen Handlungen im Einzelnen will ich mich diesmal nicht auslassen. Die können Sie in meinem Erstlingswerk (ISBN 9783837064827) nachlesen. Der Abend ging jedenfalls zu Ende und wir verabschiedeten uns in Erwartung einer baldigen Wiederholung. Schon am nächsten Tag erhielten wir elektronische Post von ihnen. Es wäre wieder so schön gewesen und dass wir uns bald wieder sehen sollten, am besten am Samstag in zwei Wochen. Alles klar, gerne, warum nicht. Drei Tage vor dem erneuten Date meldete unser Outlook einen weiteren Posteingang. Der Inhalt war wenig erfreulich. Wir bekamen eine Absage. Und nicht nur für den kommenden Samstag, sondern für immer und ewig. Sie hätten ein anderes Paar kennen gelernt. Ihr TRAUMPAAR! Seitdem sind sie bei uns die Voldemorts, die, deren Namen wir nicht mehr nennen wollen. Vor allem Frau Voldemort hatte wohl ein Problem damit, sich verschiedenen Paaren hinzugeben. Sie wollte das eine Paar nicht mit dem anderen BETRÜGEN. „Sag mal, hallo geht's noch. Alles noch am rechten Platz im Oberstübchen." Ich gebe doch keinem anderen Paar so eine Art Eheversprechen. Mir bzw. uns muss niemand treu sein. Außer ich meiner Frau und sie mir. Also dafür fehlt uns jegliches Verständnis. Auf alle Fälle war's das mit ihnen. In AW sind sie immer noch gelistet. Ich frage mich warum. In ihrem Profil steht, das sie ihr TRAUMPAAR bereits gefunden haben und derzeit keine neuen Kontakte suchen. „Dann meldet Euch doch ab, ihr Kasper." Na egal, sollen sie doch glücklich werden, die Voldemorts.

Privat oder Club?

Hm, ich weiß nicht so genau. Beides hat seinen Reiz. Bei uns Zuhause kommt das derzeit nicht in Frage. Oma, Opa und die Kinder wirken da etwas störend und lustmindernd. Außerdem gehen wir lieber auswärts „essen". Der Sex in den eigenen vier Wänden gehört mir und meiner Frau ganz allein. Aber ein Auswärtsspiel, dafür sind wir gerne zu haben. Zu viert oder auf einer Privat-Party, das KANN schon Spaß machen und ist immer einen Versuch wert.

Einer dieser Versuche ging allerdings völlig daneben. Die Unterhaltung und das gemeinsame Essen waren noch nett. Und optisch war auch alles in Butter, aber das Wesentliche ... Nee, das war wirklich nix. Wir wurden in das Schlafzimmer geführt. Ein kleiner Raum, ein Bett und eine Kommode, sonst nichts. Ach doch, haufenweise Fotos der Kinder an der Wand. Schön, wenn einen die Kleinen beim Ficken dauernd anschauen. Trotzdem waren wir gewillt, unser Bestes zu geben. Aber die zwei streichelten nur. Hin und her und her und hin. Nach zwanzig Minuten wurden wir ungeduldig. Wir versuchten etwas Schwung in die Sache zu bringen. Meine Frau bei ihm und ich bei ihr. Sie lagen da wie zwei Holzbretter. Entweder waren unsere Aktionen so unsagbar mies, oder sie waren total unentspannt. Nach weiteren sehr zähen fünf Minuten hatten wir genug und wandten uns einander zu. Ich hatte Bock auf meine Frau und sie auf mich. Und so vögelten wir uns die Seele aus dem Leib, während sie sich wieder streichelten. Dass die Verabschiedung knapp ausfiel, versteht sich von selbst.

Bei einem privaten Treffen mit noch einem unbekannten Paar kann es halt auch mal schlecht laufen. Mangels

Alternativen bleibt normalerweise nur der Abbruch des Tête-à-Tête. Im Club hat man da mehr Möglichkeiten. Wenn's mit den einen nicht klappt, dann vielleicht mit den anderen. Für uns ist die Club-Atmosphäre schon was Besonderes. Dann kommt noch der Kick hinzu, wenn man von vielen Augen beobachtet wird. Ist schon sehr geil. Manch einen stört aber vermutlich genau das.

Was wir bisher im Club allerdings noch nicht gesehen haben, ist das Benutzen von speziellem Spielzeug zum körperlichen Lustgewinn. Der Dildo-Spaß für alle, den gibt's wohl eher privat. Hier also ein Punkt für private Treffen.

Fazit: Jeder muss selbst herausfinden, was ihm besser gefällt. Arm dran sind nur die, die in keiner einigermaßen akzeptablen Entfernung zu einem guten Club wohnen. Da bleibt nur privat... Aber gibt's das überhaupt?

Das erste Mal MMF

Wir sind zurzeit im Urlaub. Ägypten - Hurghada. Last Minute-Pauschalreise all inclusive. Alles andere hat uns nicht gefallen oder war uns zu teuer. Was will man machen, in diesen miesen Zeiten und mit diesem Einkommen. Keine Angst, ich fange nicht wieder damit an. Jedenfalls habe ich meinen Laptop mitgenommen, um ein bisschen weiterzuarbeiten. Es ist der 31. Juli 2009, Viertel nach zehn. Strahlend blauer Himmel und kuschelige 34 Grad im Schatten. Bis zur Poolbar sind es keine zehn Meter. Ich sitze in einem einigermaßen bequemen Korbsessel und versuche zu schreiben. Auf meinem Tisch steht ein leckerer Fruchtcocktail und die Kinder planschen nur ein paar Schritte von mir entfernt im Pool. Mein Eheweib bruzzelt in Rufweite links von mir auf ihrer Liege. Dezente Beschallung von der Poolbar. Zur Zeit Brian Adams „Here I'am". Haben Sie sich ein Bild von der Situation gemacht. Neidisch? Nicht!? Naja, kommt wohl auch drauf an, wann Sie diese Zeilen lesen. Vielleicht schneit es ja gerade bei Ihnen. Okay, lassen wir das. Ich nerve mal wieder mit belanglosen Dingen, stimmt's? Also gut, was wollte ich eigentlich erzählen. Ach ja, jetzt weiß ich's wieder. Ich habe gestern Nacht geträumt. Sie denken jetzt bestimmt, das hat er sich nur ausgedacht, damit er sein Buch voll kriegt. Nein, ehrlich! Genau das, was jetzt kommt, habe ich wirklich geträumt. Den Traum habe ich übrigens in letzter Zeit schon öfters gehabt. Es geht darin um meine Frau, wie sie es mit einem fremden Mann treibt. Und zwar wild und leidenschaftlich. Es ist irgendwo in einem Zimmer. Ob in einem Haus, einer Wohnung oder einem Hotel. Keine Ahnung. Weiße Wände, hellbrauner

Parkettboden. Es ist groß, eigentlich riesengroß, fast schon ein Saal. Bis auf einen einfachen Tisch ist er völlig leer. Der Tisch steht in der hinteren linken Ecke des Raums. Sie sitzt auf der Kante. Die Knopfleiste ihres taillierten Sommerkleidchens ist bis auf die zwei mittleren Knöpfe geöffnet. Sie trägt weder Höschen noch BH. Er steht breitbeinig vor ihr und nimmt sie mit voller Wucht. Ihre Beine hat sie um seinen nackten Körper geschlungen und hält sich an seinem Nacken fest. Lustvoll wirft sie den Kopf nach hinten. Ihre Brüste wippen bei jedem Stoß. Ich beobachte das alles aus der Entfernung. Ich stehe an der gegenüber liegenden Wand. Dann zerrt er sie plötzlich vom Tisch, dreht sie herum, drückt den Oberkörper nach vorne. Ihr Oberkörper kommt auf der Tischplatte zum Liegen. Nun fickt er sie kraftvoll von hinten. Sie präsentiert sich ihm, mit nach hinten gestreckten Arsch und gespreizten Beinen. Ich beobachte sie von der Seite. Welch ein Anblick. Natürlich trägt sie hohe Hacken und Strümpfe. Genau wie ich es mag. Schließlich ist es ja mein Traum. Es sind ganz schlichte braune Strümpfe und der passende Halter dazu. Auch die Schuhe sind eher klassisch und einfach. Sie sieht ein bisschen wie ein Pin Up Girl aus den Fünfzigern aus. Oh Mann, fickt er sie hart. Mit einer Hand hält er sie in der Hüfte, mit der anderen hat er ihre Haare gepackt. Brutal zieht er ihren Kopf nach hinten. Ihre Hände klammern sich in völliger Anspannung um die Tischkante. Ohne Vorwarnung wechselt er plötzlich den Eingang und dringt tief in das Loch ihres engen kleinen Arsches ein. Widerstandslos lässt sie es geschehen. Sie stöhnt und drückt sich ihm noch mehr entgegen. Ich kann ihren Gesichtsausdruck sehen. Wie sie ihren Mund, ihre Augen aufreißt. sich auf die Lippen beißt. Seine Muskeln sind angespannt. Immer wieder sehe ich, wie sein Riesending in ihr verschwindet. Mich wundert, wie lange sie diese analen Freuden und gleichzeitigen Qualen schon aushält. Eine Hand hat sie von der Tischkante gelöst und spielt jetzt damit in ihrem Schritt. Ihre Körper beginnen bereits vor Schweiß zu glänzen. Der Arschfick hat ein Ende. Jetzt nimmt sie das Heft in die Hand, entzieht sich ihm, dreht sich um und gibt ihm zu verstehen, dass er sich auf den Boden zu legen hat. Dann geht sie in die Hocke, greift mit einer Hand nach seinem Schwanz und fixiert ihn in der richtigen Position. Hart läßt sie sich auf den steifen Knüppel fallen. Genüßlich reibt sie sich in kreisenden Bewegungen auf ihm. Doch schnell genügt ihr das nicht mehr und sie beginnt sich selbst zu ficken. Erst langsam, dann immer schneller. Sein Schwanz ist ganz feucht von ihrem Saft. Sie stößt immer wilder. Seine Hände halten sich an den Absätzen ihrer Schuhe fest. Sie schwitzen immer mehr. Schweißtropfen rinnen ihr über die Brüste. An den harten Nippeln sammeln sie sich und tropfen von dort auf seinen durchtrainierten Bauch. Bisher war ich nur Zuschauer, doch jetzt greife ich ins Geschehen ein. Ich bin nun ganz dicht neben ihnen und befehle ihr es zu Ende zu bringen. Aber nicht so, sondern mit dem Mund. Gehorsam führt sie meine Anweisung aus. Sie kniet zwischen seinen Beinen und beugt sich über seinen Schwengel. Ihr Mund ist weit geöffnet. Gierig beginnt sie zu saugen und zu lecken. Eine Hand wichst den prallen Schaft. Es ist wirklich ein Prachtkerl. Groß, dick und hart. Sie bekommt ihn kaum in den Mund. Er windet sich lustvoll. Man spürt die Anspannung kurz vorm Orgasmus. Während sie ihn weiter oral befriedigt, drücke ich mit meiner Hand ihren Kopf noch stärker seinem

Schwanz entgegen. So wird er bis zum Schluss in ihrem Mund bleiben. Ein erregender Gedanke. Gleich wird er abspritzen und seinen Samen in ihrem Mund verteilen. Nur noch wenige Sekunden. Dann ist es soweit. Er zuckt und stöhnt kurz auf, als er sich in ihren Mund entleert. Als sie sich ein wenig von ihm zurückzieht, kann ich das Sperma in ihrem Mund sehen. Eine große Menge weißer dickflüssiger Samen. Plötzlich fühle ich mich schlecht. Obwohl ich es so wollte. Dann ist der Traum einfach zu Ende.

Der Kerl in meinem Traum ist gesichtslos, d.h. es gibt keinen Bezug zu einem mir bekannten Mann. Anonym und unbekannt muß er sein. Das wäre auch die Voraussetzung in einer vergleichbar realen Situation. Wie bereits erwähnt ist es ein wiederkehrender Traum. Ich glaube, mein Unterbewusstsein verarbeitet bereits gemachte Erfahrungen. Das erste Erlebnis in dieser Richtung hatten wir in einem Club.

Wobei die Bezeichnung Club eigentlich nicht so richtig zutrifft. Es ist eigentlich ein Wohnhaus, das nach außen hin als Sonnen- und Wellness-Studio getarnt ist. Ich möchte auch den Namen des Clubs nicht nennen, da ich nicht weiß, ob genehmigungstechnisch alles korrekt ist. Solange es keinen stört oder weh tut, finde ich, muss man nicht alles reglementieren. In Deutschland gibt es ja leider für alles ein Gesetz oder eine Verordnung. Das Haus liegt mitten in einem Wohngebiet, was für einen Club eher ungewöhnlich ist. Die Clubs, die wir sonst noch kennen, liegen entweder außerhalb der Ortschaften oder in einem Industriegebiet. So weit ich weiß, gelten sie als Vergnügungsstätten, wie z.B. auch Spielhallen oder Wettbüros. Gibt es Speisen und Getränke, greift sicherlich auch die Gaststättenverordnung inklusive

Ausschankgenehmigung. Es müssen genügend Parkplätze vorhanden sein und so weiter und so fort. Es ist also sehr unwahrscheinlich, dass jemand vom Amt weiß, was dort so läuft. Aber es läuft! Und scheinbar nicht schlecht.

Die Räumlichkeiten sind schnell beschrieben. Stellen Sie sich einfach ein zweigeschossiges schlichtes Wohnhaus mit ausgebautem Keller vor. Umkleide im Dachgeschoß. Das Buffet in der Küche im Erdgeschoß. Außerdem die Bar und eine Sofaecke im Wohnzimmer. Zusätzlich zwei mittelgroße Spielzimmer. Allerdings wenig spektakulär. In dem einen gibt es eine zweite Ebene. Sieht aus wie ein großes Hochbett. Im Keller sind drei weitere Spielzimmer und ein kleines Schwimmbecken. Das Becken ist vielleicht drei auf fünf Meter. Die Spielzimmer sind wie oben, einfach und schlicht mit verschiedenen Mattenbereichen. Das Publikum ist optisch nicht so ansprechend wie in der Oase. Außerdem sind Singlemänner zugelassen. Daher zahlt man hier nicht mal die Hälfte des Eintrittspreises unseres Lieblingsclubs.

Es war übrigens erst unser zweiter Besuch in einem Club mit Singlemännerzulassung. Das erste Mal war in einem Club in Weinheim. Den Namen sage ich hier lieber nicht, sonst habe ich vielleicht deren Türsteher am Hals, denn dort haben wir leider gleich eine schlechte Erfahrung gemacht. Trotz ausgewiesener Pärchen-Zimmer wurden wir ständig von zwei bis vier Singleherren verfolgt. Die Hinweiszettel an den Türen der entsprechenden Zimmer wurden einfach ignoriert. Eine Aufsicht oder Kontrolle gab es nicht. Ein farbiger Mann war besonders dreist. Sobald wir ein Plätzchen gefunden hatten, stand er neben uns und fing an, seinen Schwengel zu reiben. Der Abstand betrug dabei weniger als einen Meter. Zweimal brachen wir unsere gegenseitigen Liebkosungen ab und zeigten ihm durch Kopfschütteln und entsprechende Handbewegungen, dass wir kein Interesse an ihm hätten. Bei seinem dritten Versuch stellte ich auch verbal klar, dass er uns in Ruhe lassen sollte. Nachdem er nicht reagierte, drohte ich ihm sogar Gewalt an. Ich hatte richtig Wut im Bauch. Danach ließ er es sein. So was geht gar nicht. Das gilt für Single wie für Paare. Ein Nein ist ein Nein und braucht weder hinterfragt noch begründet zu werden. Zur Verteidigung der Singleherren muss ich sagen, dass ich schon ein gewisses Verständnis dafür habe, dass sie zum Zug kommen wollen. Schließlich zahlen sie einen nicht unerheblichen Betrag. Aber das ist halt das Risiko, wenn man sein Geld nicht im Puff ausgeben möchte. Da bekommt man wofür man bezahlt. Wir hatten danach auch keine weiteren negativen Erfahrungen mit Singleherren. Die meisten Männer verhalten sich völlig korrekt. Um auf unser Erlebnis zurück zu kommen und es etwas abzukürzen, schenke ich mir das mit dem Essen, Trinken und dem Geplapper. Richtig los ging es dann erst in dem Raum mit dem „Hochbett". Wir hatten es uns neben einem anderen Pärchen bequem gemacht. Auf der unteren Ebene war noch ein weiteres Paar zugange. Zusätzlich füllten drei oder vier Paare und drei einzelne Herren den Raum. Wir beobachteten das Paar neben uns. Dabei streichelten wir uns gegenseitig. Nach einiger Zeit intensivierten wir unsere Liebkosungen und gingen zum Oralverkehr über. Wir lagen seitlich einander zugewandt und über den Beckenknochen meiner Frau hinweg konnte ich die interessiert zuschauende Menge beobachten. Einer der Männer war gar nicht schlecht. Er sah zumindest sehr sympathisch aus. Jetzt oder nie dachte ich. Also stellte ich meiner Frau die noch nie zuvor ausgesprochene Frage. „Willst Du, dass noch einer dazu kommt?" Ein bisschen plump, aber mir fiel nichts Besseres ein. Sie hatte gerade den Mund voll und so kam nur ein zögerliches „ÄH -HA" heraus. Ich deutete das einfach als JA und winkte ihn darauf hin herbei. Er kletterte auch sofort zu uns hoch und entledigte sich seiner Hose. Wir ließen uns, einer links und einer rechts vom Kopf meiner Frau nieder. Sie war von Schwänzen umgeben. Den Schaft des einen massierte sie mit der Hand und den anderen beglückte sie mit dem Mund. So genossen wir es eine Zeit lang. Dann wollte ich sie gerne ficken. Darum drehte ich sie ein wenig auf die Seite, so dass sie mir den Rücken zugewandt hatte. Ich nahm jetzt die Löffelposition ein und fing an, sie von hinten zu beglücken. Dabei schaute ich über die Schulter meiner Süßen und konnte aus nächster Nähe sehen, wie sie am Schwanz unseres Gastes lutschte. Das war zwar sehr schön, aber Tina und ich wollten mehr. Zum Glück war das Körbchen mit den Kondomen in meiner Reichweite. Ich reichte ihm eins und hoffte, dass er wusste, was er damit anfangen sollte. Er wusste es, denn schnell hatte er den Gummischutz übergestreift. Wir Männer tauschten nun die Rollen. Für alle drei war die Situation sehr erregend. Für ihn, weil er zum Zug kam und das bei einer überaus attraktiven Frau. Für meine Frau, weil sie das erste Mal zwei Männer ganz für sich alleine hatte. Und für mich, weil sich eine schlummernde Fantasie erfüllte. So dauerte es insgesamt nicht lange. Als meine Frau und ich merkten, dass er kurz vorm Höhepunkt stand, erregte uns das umso mehr und auch wir steuerten schnell auf das Ende zu. Automatisch wurden wir immer schneller und nach wenigen Sekunden ergoss ich meinen Samen auf die Brüste meiner Frau. Mein Schatz kam fast gleichzeitig. Einen Wimpernschlag später war auch der Fremde soweit. Obwohl maximal zwanzig Minuten vergangen waren, lagen alle einigermaßen erschöpft auf der Matte. Als wir uns wieder aufgerafft hatten, bedankte er sich höflich, indem er Tina sanft auf die Schulter küsste und sich bei mir per Handschlag verabschiedete. Dann zog er sich zurück. Das war irgendwie sehr süß von ihm. Wir konnten uns ein Grinsen nicht verkneifen.

Nackt

Ich bin wie ein Nacktmull. Jedoch ohne die typisch großen Zähne. Wenn ich vorhabe mit meiner Frau auf die Piste zu gehen, sehe ich zumindest was die Haut angeht, aus wie einer. Dann rode ich meine Körperbehaarung. Ich trage dann Glatze. Sogar im Schritt. Leider ist das Ganze mit ziemlich großem Aufwand verbunden, da ich von Natur aus am ganzen Körper relativ viele Haare habe. Außer auf dem Kopf, dort nehmen sie seit zwei Jahren rapide ab. Das Prozedere ist immer das gleiche. Es beginnt am Ende eines entspannenden Vollbades, das ich mir in Vorbereitung auf ein Club- oder Privatabenteuer gönne. Selbstverständlich bin ich auf die Hilfe meiner Frau angewiesen. Ich habe zwar leider Haare wie ein Affe, aber nicht so lange Arme. Darum hilft sie mir bei der Entfernung meiner Rückborsten und der Härchen auf meinem Po. Das ist dann noch der angenehmste Teil. Die Tortur beginnt für mich, wenn ich mir die Haare zwischen den A…backen und direkt am A…loch entfernen will. Auch die Kniekehlen sind nicht einfach. Irgendwie bin ich zu blöd. Jedesmal trage ich blutende Wunden davon.

Ich muss da mal unsere schwulen Freunde befragen, die sind, soweit ich weiß, auch blank. Die müssten doch einen Tipp für mich haben, wie man Tor 3 glatt bekommt. Anal-Waxing kann ich mir nicht vorstellen. Das ist ja bei der Brusthaarentfernung schon das Grauen. Aber trotz Schmerzen und nicht unerheblichem Zeitaufwand nehme ich es immer wieder tapfer auf mich. Ein Indianer kennt keinen Schmerz. Außerdem fühle ich mich dann wohler und meiner Frau gefällt es besser. Die hat übrigens einen sogenannten Brazilian Landing Strip. Einen schmalen kurzgeschorenen Streifen.

Glatt, oder wenigstens fast glatt, ist zurzeit sowieso Usus. Die 70er Jahre sind nun mal vorbei, als man selbst im Winter ohne Jacke raus konnte, weil der eigene Pelz genug wärmte.

Vor kurzem habe ich gelesen, dass einer Studie zufolge über achtzig Prozent der Damen und mehr als dreißig Prozent der Herren ihre Schamhaare epilieren. Wenn das schon bei den normalen Menschen so ist, dann ist der Anteil bei denen, die den gleichen Schweinkram veranstalten wie wir, bestimmt noch höher.

Für uns Männer gibt es außer den hygienischen und modischen Aspekten auch noch einen weiteren guten Grund, sich die Wolle zu stutzen. Mit „unten ohne", wirkt der kleine Prinz einfach größer. Nein, ich habe keine Komplexe. Aber nennt mir einen Kerl, der seinen Schniedel lieber kleiner als größer aussehen lässt. Außerdem, was ist denn mit den Frauen und ihren wattierten Push-Ups? Ist ja auch Betrug. Ich jedenfalls stehe dazu.

Wenn's nur nicht so jucken würde, wenn die Stoppeln wieder wachsen.

Privat-Party

Das nächste Highlight dieser Art fand in einer völlig neuen Umgebung statt. Wieder einmal fand der Erstkontakt über Joyclub statt. Wir wurden von einem Pärchen eingeladen, an einer privaten Party teilzunehmen. Der Eindruck, den wir über das Profil der beiden gewinnen konnten, war sehr vielversprechend. Der Profiltext war intelligent, witzig und sehr nett formuliert. Ein weiteres Plus zeigte sich in den Bildern. Sowohl die persönlichen Bilder als auch die der Räumlichkeiten ließen keine Fragen offen. Sie waren direkt und offensiv. Das Zeigen der Zimmer war insofern nicht uninteressant, da dort ja die Party stattfinden sollte. Ich hatte es in einem früheren Kapitel bereits erwähnt, dass man sich bei den uns bekannten Communities über anstehende Events informieren kann. Man kann sich aber nicht nur informieren sondern auch eigene Veranstaltungen einstellen. Und genau das taten Britta und Ralf. Da das Ganze einen privaten Charakter hatte und keine Gewinnerzielungsabsicht bestand, wurde eine Aufwandsentschädigung von fünfundzwanzig Euro pro Paar veranschlagt. Was mehr als fair ist, denn Getränke und Speisen waren schon inklusive. Und wie sich später herausstellen sollte, ließen sich die zwei bei der Versorgung ihrer Gäste wirklich nicht lumpen. Nach den Bildern zu urteilen, mußte das Haus, in dem die Party stattfinden sollte, recht groß sein. Und da uns wie immer die Neugier plagte, entschlossen wir uns teilzunehmen. Zwei E-Mails und ein Telefonat später war die Party gebucht und wir auf dem Weg nach „XXXheim". Das Haus, in einem Neubaugebiet in Feldrandlage, war wirklich groß. Wir waren schon von der Außenansicht beeindruckt. Die spielen schon in einer anderen Liga als wir mit unserer altersschwachen kleinen Hütte, von der die Hälfte auch noch der Bank gehört. Vor dem Palast reihten sich BMW, Mercedes und Porsche nebeneinander auf. Wir kamen in unserem Opel „Zafira", inklusive zweier Kindersitze auf der Rückbank. Zweifel machten sich breit, ob wir hier nicht fehl am Platze wären. Aber wir gaben uns einen Ruck. Schließlich hatten wir uns frisch rasiert, in Schale geworfen, waren sauber und hoch motiviert. Außerdem fahre ich nicht gerne achtundvierzig Kilometer für nichts und wieder nichts. Allein schon wegen der Spritkosten. Geiz ist geil, jawohl! Nachdem wir einen Parkplatz um die Ecke gefunden hatten, machten wir uns mit unserem Klamottensack auf den Weg in die Schlacht, um das neue Gebiet zu erobern. An der mit weißen Säulen umrahmten Eingangstür klebte ein Schild mit dem Hinweis, dass man die Location durch das Gartentor betreten sollte. Ein aufgemalter Pfeil wies den Weg. Hinter der Hausecke kam ein weißer Lattenzaun und auch das zugehörige Törchen zum Vorschein. Es war nur angelehnt und so traten wir einfach ein. Ein paar Schritte an der Hauswand entlang und wir standen rechts neben der Terrasse. Von hier aus konnten wir jetzt den ganzen Garten überblicken. Köpfe wurden gedreht und wir neugierig beäugt. Auf der Terrasse hatten sich ungefähr sechs oder sieben Personen niedergelassen. Einer der Herren erhob sich und kam auf uns zu. Ich erkannte ihn gleich. Das musste unser Gastgeber Ralf sein. Breit grinsend und sehr herzlich empfing er uns. Meine Frau wurde so heftig geknuddelt, als ob sie sich schon jahrelang kennen würden. War irgendwie komisch, wenn ich im Nachhinein darüber nachdenke. Das kann aber eigentlich nicht sein. Oder doch? Ist jetzt auch egal. Schließlich wurden wir den anderen Gästen vorgestellt. Durch die Terrassentür konnte ich sehen, dass noch mehr Personen zugegen waren. Wie sich herausstellte waren auch Singlemänner dabei. Ich konnte mich dunkel daran erinnern, dass in der Partybeschreibung etwas darüber geschrieben stand. Das hatte ich wohl verdrängt. Im Übrigen war das ja auch nicht schlimm. Vielleicht könnten wir heute unsere Erfahrungen erweitern. Die Hausherrin hatten wir bisher nicht zu Gesicht bekommen. Ralf sagte uns, dass wir hoch in den ersten Stock gehen sollten. Dort könnten wir unsere Sachen im zweiten Zimmer auf der rechten Seite ablegen. Es war das Kinderzimmer. Das Bett hatte die Form eines Ferrari Boliden und auf dem Tischkicker hatte bereits jemand seine Hose und sein Hemd abgelegt. Der Herr über dieses Reich war für heute scheinbar ausquartiert worden. Bestimmt bei Oma und Opa. Wir konnten unsere Neugier nicht zügeln und so schauten wir uns selbstverständlich gleich mal um. Direkt neben dem Kinderzimmer war ein schönes großes Bad mit einem gigantischen Whirlpool. Auf der gegenüber liegenden Seite befanden sich das Schlafzimmer und ein Gästezimmer. Um das Licht zu dimmen, waren die Lampen der Zimmer mit Tüchern abgehängt. Im Gästezimmer stand ein Fernseher mit angeschlossenem DVD-Player. In der Kiste flimmerte ein Porno. Auf dem Boden in der hinteren Ecke lag eine große Matratze. Daneben stand ein kleines Sofa. Und im Flur war ein Liegestuhl aus Korbgeflecht zur Benutzung freigegeben. Wir hatten erstmal genug gesehen und machten uns wieder auf den Weg nach unten. Gerade als wir unten angelangt waren, öffnete sich rechts von uns eine Tür und Britta kam heraus. Sie sah fast noch ein bisschen hübscher als auf den Bildern im Internet aus. Eine Kurzhaar-Blondine in Leopardenbikini und Plateau-High-Heel-Sandaletten. Sie ist ein ganzes Stück größer als Tina. Und auch von der Statur unterscheiden sie sich recht stark. Tina ist eher klein, zart und mit schmalen Schultern. Britta hingegen ist groß, sportlich und kraftvoll. Auch bei ihr fiel die Begrüßung nicht weniger herzlich aus. Zusammen begaben wir uns in die Küche, wo uns Britta erst mal ein Glas Sekt reichte. Wir stießen an und die Damen starteten eine angeregte Unterhaltung. Dabei erfuhren wir, dass die Kinder – es war also nicht nur eins – an diesem Wochenende bei ihrer Mama waren. Es sind nämlich Ralfs Kinder aus erster Ehe. Ich klinkte mich kurz aus und warf einen Blick aufs Buffet. Britta hatte mehrere Salate, je eine Käse- und Schinkenplatte, einen Lachskuchen und zwei verschiedene Fleischpfannen, die auf dem Herd köchelten, anzubieten. Hinzu kamen als Nachspeise ein Früchtekuchen, eine Schale Tiramisu und Rote Grütze mit Vanillesoße. Ralf, der Getränkemeister, hatte Sekt, Rotwein, Bier und diverse Softdrinks im Angebot. Er war gerade mit dem Öffnen einer Flasche Rotwein beschäftigt. Gemeinsam begaben wir uns ins Esszimmer und gesellten uns zu den anderen. Zunächst lauschten wir den Gesprächen der Gruppe. Die meisten Themen interessierten mich nicht. Bei Einem spitzte ich jedoch die Ohren. Es ging um Swingerclubs und dass früher alles ganz anders und viel besser gewesen wäre. Diese These wurde von einem Mann aufgestellt, den ich auf Ende Vierzig taxierte und der ganz offensichtlich zu den Swinger-Veteranen gehörte. Er monierte das Verhalten der Besucher in den Clubs. Er behauptete, dass die Leute früher viel aktiver gewesen wären. „Da ging es noch richtig ab auf der

Matte". Heute gäbe es nur noch Gucker. Wenn das früher einer gemacht hatte, ist er beim zweiten Mal rausgeflogen. Ich denke, er übertrieb ein wenig. Und als ich dann noch mit der Oase kam und sie als guten Einstiegsclub pries, war es ganz aus. Ich hatte ihm den Brocken hingeworfen und er machte sich darüber her. Er ließ kein gutes Haar an unserem Heimatclub und ließ kein noch so gutes Argument von mir gelten. Witzig fand ich seine Aussage über die Paare, die den Partnertausch nur auf Oralverkehr beschränken. Auf seine sympathische hessische Art meinte er, „des iss ja wie Dusche ohne Wasser." Letztendlich kamen wir jedoch nicht überein und wir beendeten die Diskussion freundschaftlich mit einem Unentschieden. Nachdem wir das eine oder andere vom Buffet genossen hatten, warteten wir noch eine halbe Stunde und machten uns dann auf den Weg, um unsere Kampfmontur anzulegen. Einige waren bereits umgezogen, die anderen folgten uns nach. Nach dem Umziehen gingen wir erst gar nicht wieder nach unten. Auf direktem Weg entschieden wir uns für das Sofa im Gästezimmer. Die ersten paar Minuten waren wir noch allein. Nur die Stöhngeräusche aus der Flimmerkiste waren zu hören. Wir küssten und streichelten uns. Ich neckte Tina, indem ich ihr mit den Fingerkuppen leicht über die Fußsohlen und die Kniekehlen strich. Dort ist sie besonders kitzelig. Plötzlich kam ein Pärchen herein. Ende vierzig, leicht überdurchschnittliches Äußeres. Sie fragten, ob sie uns stören würden. Wir verneinten und so blieben sie. Sie waren nicht von der zögerlichen Sorte und pirschten sich sogleich von hinten an uns heran. Er bei meiner Frau und sie bei mir.

Wir wehrten uns nicht und das Geschehen kam schnell in Fahrt. Nach einer kurzen Oralphase wurden die Kondome gezückt. Wir hatten mittlerweile vom Sofa auf die Matratze gewechselt. Dort war einfach mehr Platz. Die Damen lagen einander zugewandt und wir hatten hinter ihnen Stellung bezogen. Sie begannen sich zu streicheln und zu küssen und ich hatte mal wieder Probleme mit meinem Kondom. Irgendwie bin ich zu blöd. Ich zieh sie beim ersten Versuch fast immer falsch herum an, so dass ich sie nicht abrollen kann. Als ich es endlich geschafft hatte, sah ich, dass meine Frau von dem anderen bereits beglückt wurde. Sie beschäftigte sich derweilen intensiv saugend mit den Brüsten seiner Frau. Langsam sollte ich nun auch zu Potte kommen. Nach kurzer Suche fand mein Lümmel den gewünschten Eingang. Rhythmisch stoßend leistete ich meinen Dienst. Die ersten Seufzer und die tiefer gehende Atmung meiner Partnerin gaben mir eine erste positive Rückmeldung für mein Handeln. Aus den Augenwinkeln nahm ich eine Bewegung wahr. Wir waren nicht mehr allein. Ein Paar und zwei Männer schauten uns zu. Wir ließen uns nicht stören. Einer der Männer kam langsam Schritt für Schritt näher an uns heran. Während ich meine Partnerin weiter von hinten penetrierte, hatten meine Frau und ihr Partner die Stellung gewechselt. Sie kniete vorgebeugt zwischen seinen Beinen und war mal wieder heftig am Blasen. Dabei reckte sie wie üblich ihr verführerisches Ärschchen in die Höhe. Der Heranschleichende konnte der Anziehungskraft, die das knackige Brötchen ausstrahlte, nicht widerstehen. Er war jetzt schon in Reichweite. Noch zögerte er. Er wusste, dass die Dame seiner Begierde zu mir gehörte. Ohne eine Einladung wollte er dann doch nicht über sie herfallen. Also schaute er zu mir herüber. Die Frage, die in seinem Gesicht geschrieben stand, war deutlich zu lesen. Ich nickte ihm zu. Wie ein hungriger Wolf vergrub er sein Gesicht zwischen ihren Pobacken. Ich hatte das Gefühl, dass sein Zungenspiel nicht sein Spezialgebiet war, denn es sah etwas hektisch und wenig gefühlvoll aus. Um dem Drama ein Ende zu bereiten, warf ich ihm ein Kondom zu, das ich gebunkert hatte. In der Hoffnung, das er meiner Frau damit ein wenig mehr Freude bereiten konnte. Ich fickte unterdessen stoisch weiter. Die Szene um meine Frau beschäftigte mich zu sehr, als das ich mich intensiver um meine Partnerin hätte kümmern können. Es war wohl noch gut genug. Jedenfalls beschwerte sie sich nicht. Der Kerl stellte sich geschickter mit dem Gummi an und hatte seinen Schwengel bereits in meiner Frau versenkt. Zwei Männer gleichzeitig hatte sie schon gehabt. Zwei fremde Männer jedoch nicht. Ich überlegte noch, ob mir das gefiel. Viel Zeit blieb mir nicht, denn es ging noch weiter. Der zweite Singlemann fühlte sich scheinbar vom ersten ermutigt und war jetzt ebenfalls bei ihr. Er hatte sich so platziert, dass sein Schwanz in Reichweite ihres Kopfes und ihrer Hände war. Er knetete ihre Brüste in Erwartung, dass auch er etwas abbekommen würde. Mir passte das jetzt schon nicht. Erstens war er ungefragt dazu gestoßen. Und zweitens genügte er nicht meinen Ansprüchen und denen meiner Frau sicher auch nicht. Aber im Eifer des Gefechts nahm sie das wahrscheinlich gar nicht wahr. Außerdem ist sie ohne ihre Brille sowieso fast blind. Leider hatte der freche Typ auch noch Erfolg. Ich sah ihre Hand an seinem Schwanz und Sekunden später stülpten sich auch noch ihre Lippen darüber. Zu meiner Lust gesellte sich Ärger. Ich war hin- und hergerissen. Es war fraglos ein geiler Anblick, meine

Frau so zu sehen. Aber ich gönnte es dem Kerl einfach nicht. Der Ärger hatte seinen Einfluss auf mein Fickverhalten. Ich stieß jetzt fester und härter zu. Meiner Partnerin schien das zu gefallen. Ihr Stöhnen wurde deutlich lauter. Für Tina war das alles wohl sehr erregend. Sie war ganz in der Situation gefangen und nahm mich auch nicht mehr wahr. Ich hatte keinen direkten Einfluss mehr auf sie. Wenn ich gewollt hätte, dass sie aufhören soll, hätte ich sie schon wegzerren müssen. Noch so ein scheiß Gefühl. Bei mir nahm die Lust ab. Um meine Partnerin das nicht spüren zu lassen, stellte ich die Arbeit mit dem kleinen Prinzen ein und machte eine Etage tiefer mit meiner Zunge weiter. Die Männer der Viererkonstellation schienen dem Gipfel der Erregungskurve bereits sehr nahe zu sein. Der Kerl der sie von hinten nahm, kam zuerst. Er zuckte dreimal kurz hintereinander. Dann zog er ihn raus. Der Gummi war gut gefüllt und hatte zum Glück dichtgehalten. Bei meiner Partnerin kündeten verstärkte Zuckungen ihres Unterleibs das Erreichen des Höhepunkts an. Fast ein Wunder, wenn man bedenkt, was für einen Einheitsbrei ich hier ablieferte. Tina hatte die beiden anderen Schwänze zuletzt abwechselnd geblasen. Nun hatte sie sich ein wenig aufgerichtet und rieb sie nur noch mit den Händen. Die Dame unter mir fing an zu zittern. Mit einem gepressten „Jaaaaaaa" entlud sich ihre Anspannung. Jetzt konnte ich mich ganz der Szenerie widmen, die sich nur eine Armlänge entfernt abspielte. Der erste kam ohne Vorwarnung. Zwei Schübe dickflüssigen Spermas rannen über die Finger und den Handrücken meiner Frau. Bei dem Ungebetenen war es etwas theatralischer. Er forderte sie auf, seinen Pimmel schneller zu wichsen und sie kam seinem Wunsch nach. Dann stöhnte er mehrmals laut auf und spritzte schließlich seinen Samen im hohen Bogen auf das Sofa. Dort würde ich es mir heute nicht mehr bequem machen. Britta hatte zwar alles mit Bettlaken abgedeckt, aber ich weiß ja nicht. Ich würde trotzdem darauf achten, meinen Saft nicht überall zu verteilen. Tina Orgasmus war wegen gefühlsmäßiger Überreizung ausgefallen. Sie grinste mich an. Ich grinste nicht zurück. Ihr Grinsen verschwand augenblicklich. Ich wollte den Raum verlassen. Also küsste ich meine Sexpartnerin auf den Po und erhob mich von meinem Lager. Sie grunzte nur kurz, denn sie war schon wieder beschäftigt. Jetzt mit ihrem Mann, den meine Frau vor wenigen Minuten noch mit der Hand und dem Mund befriedigt hatte. Bevor Tina mir folgen konnte, drückte ihr der Mistkerl noch einen Kuss auf die Wange. Im Flur holte sie mich ein und fragte, was denn los sei. „Schatz, der Typ ging gar nicht", antwortete ich. „Außerdem hast du mich nicht mehr wahrgenommen. Ich hätte auch gehen können." Sie guckte bedröppelt und schuldbewusst. Ihr Dackelblick stimmte mich gleich wieder milde. „Ich muss jetzt erst drüber schlafen und dann reden wir noch mal. Okay!?" Dann nahm ich sie in die Arme und drückte sie ganz fest. Zusätzlich gab es noch einen Kuss auf die Stirn, damit war es für heute gut. Ich kann ihr sowieso nie lange böse sein und außerdem hatte ich auch meinen Anteil am Verlauf des Geschehens. Unten stillten wir zunächst unseren Durst und lümmelten uns dann auf dem Sofa im Wohnzimmer herum. Plötzlich kam Britta - die wir bisher nur kurz gesehen hatten - dazu. Sie erkundigte sich nach unserer Befindlichkeit und ob alles in Ordnung sei. „Alles bestens", gaben wir zurück. Die Unterhaltung mit ihr führte uns zu einem neuen Thema. Der Tanz an der GoGo-Stange. Tina hatte erzählte, dass sie es im Club schon mal probiert hätte. Aber akrobatische Einlagen wären für sie nicht drin und so waren mehr als ein paar laszive Bewegungen nicht herausgekommen. Britta behauptete, sie könnte das ziemlich gut. Wie in den meisten Wohnzimmern Deutschlands war aber auch hier keine Stange installiert. Also stellte ich mich zur Verfügung. Denn einen Beweis für ihre Aussage sollte sie schon erbringen. Ich kann mich überhaupt nicht mehr an die musikalische Untermalung erinnern, aber Britta legt sich gleich mächtig ins Zeug. Sie schlang ihre Beine um mich, hielt sich an meinem Hals fest und warf ihren Kopf in den Nacken. Ihre Hände fuhren an meinem Körper rauf und runter. Sie strichen durch meine Haare, glitten in meinen Schritt und über meinen Po. Sie bewegte sich sehr geschmeidig und elegant. Ich warf einen kurzen Blick zu meiner Frau. Noch lächelte sie. Britta steigerte sich nun immer mehr in ihre Rolle hinein. Sie benutzte jetzt auch ihren Mund und liebkoste mit ihrer Zungenspitze meinen Hals. Geschickt wand sie sich um mich herum. Mal war sie hinter mir, dann wieder vor mir. Sie war ständig in Bewegung. Im nächsten Moment schmiegte sich ganz eng an meinen Rücken heran. Es war sehr angenehm und erregend, ihre Hände auf meiner Brust und meinem Bauch zu spüren. Ihre Bewegungen wurden immer intensiver und eindeutiger. Jetzt rieb sie ihren Unterkörper an meinem härter werdenden Schwanz. Selbst durch die Hose hindurch musste sie die Hitze spüren, die von ihm ausging. Mit einer Hand am Schwanz und einer im Nacken zog sie mich ganz eng zu sich heran. Dann küsste sie mich überaus leidenschaftlich und ich vergaß für einen Moment die Welt um mich. Als ich nach wenigen Sekunden wieder im hier und jetzt war, hatte ich das Gefühl, mich lösen zu müssen. Und ich tat gut daran. Denn meine Frau guckte so wie ich vorhin. Das ging ihr gefühlsmäßig zu weit, das wusste ich. Gleichstand für heute Abend. In beiden Situationen hatten wir eine Grenze erreicht bzw. überschritten. Ich war mir allerdings sehr sicher, dass uns das nicht aus der Bahn werfen würde. Wir liebten uns an diesem Abend noch auf dem Korbsessel im Obergeschoß. Wenn ich schreibe, wir liebten uns, dann wissen sie schon, dass es dabei nur um uns ging und niemand anderes. Seit diesem ersten Besuch waren wir noch zweimal zu Gast bei den beiden und wir werden sicher noch öfter kommen. Mittlerweile haben sie noch das Zimmer im Dachgeschoss ausgebaut und gleich entsprechend eingerichtet. Zu unserem Vergnügen konnten wir es schon testen. Am Anfang unserer Swinger-Karriere wären Treffen im privaten Kreis nicht in Frage gekommen. Aber nach unseren Erlebnissen bei den Voldemorts, und bei Britta und Ralf, müssen wir feststellen, dass auch private Treffen was für sich haben. Sie sind einfach persönlicher, aber auch gefährlicher.

Events & Sonderveranstaltungen

Allzu viele Erfahrungen, was Sonderveranstaltungen angeht, haben wir nicht. Wir waren auf einem „Frankfurter Paare-Stammtisch", einer „Hot'n dirty" - Party im „Maihof", sind in der „Oase" einmal in den Mai getanzt, einem Meet & Greet in unsere Heimatstadt und haben am „Eyes wide shut" - Event im „LeCoq" teilgenommen. Der Paare-Stammtisch war unsäglich öde. Die Kontaktaufnahme zu anderen schwer, da viele schon als Gruppe gekommen sind und offensichtlich unter sich bleiben wollten. Außerdem war die Musik und die Location schei... und ALLES war verraucht. Entschuldigung, wir sind Nichtraucher. Die Party, der Tanz und das Meet & Greet waren stimmungstechnisch klasse. Was bei allen etwas zu kurz kam waren die sexuellen Aktivitäten. Aber als Party mit sexy Touch können wir diese Veranstaltungen jedem wärmstens empfehlen. Feiern, tanzen, gucken, zeigen, ein bißchen Fummeln und ganz ganz vielleicht auch etwas mehr.
Wenn man die Gästeliste der Partyevents auf den Erotik Foren durchstöbert, findet man etliche Nasen immer wieder. Scheinbar machen einige Paare nichts anderes.
Das war's. Tja, ist ein bißchen dürftig, aber mehr kann ich leider nicht sagen. Als Friedensangebot an Sie werde ich das Event im LeCoq im nächsten Kapitel recht ausführlich behandeln.

„Eyes wide shut"

Unser Urlaub ist vorüber und die Heimat hat uns wieder. Ist schon komisch, da kratzt man seine letzten Kröten für den lang ersehnten Jahresurlaub zusammen und schon nach zehn Tagen hat man den täglichen Gang vom Frühstückbuffet zum Pool, vom Pool zu Mittagssnack, vom Mittagssnack zum Strand, vom Strand zum Abendessen und vom Abendessen zur hoteleigenen Abendunterhaltung satt und will wieder heim. Zumindest geht es mir und meiner Frau so. Wir sind jetzt bereits seit drei Wochen zuhause und ich habe tatsächlich mal wieder was Neues zu berichten. Wirklich was ganz Neues! Ereignet hat sich das Folgende in einem Club Namens „LeCoq".

Sehr geehrte Leser, stellen Sie sich folgende Situation vor: Vierzig Paare, schwarze Umhänge, venezianische Masken, alle schwarz gekleidet. Die Männer in schwarzer Anzughose und weißem Hemd, die Damen in den verschiedensten schwarzen Dessous. Komplett mit Corsage, Halter und Strümpfen oder bis auf Halterlose und hochhackige Pumps völlig nackt. Einige haben Lederhalsbänder angelegt. Daran ist eine metallene Kette befestigt, deren anderes Ende der männliche Teil des Duos in den Händen hält. Die Masken der Männer sind schwarz oder weiß, und meist schlicht. Die der Damen sind zum Teil mehrfarbig, mit Federn, Perlen oder Glitzersteinen verziert. Der Raum ist in weiches Dämmerlicht getaucht. Am Fuß der großen Treppe, die ins Obergeschoß führt, markieren acht Sitzkissen einen Kreis. Ein mächtiger Kronleuchter hängt über der Szenerie. Um die gleich beginnende Zeremonie verfolgen zu können, haben sich die meisten Paare an der Wand entlang um die Sitzkissen gruppiert oder sich einen Platz auf der Treppe mit ihrem reich verzierten Geländer gesucht. Klaviermusik ertönt. Keine richtige Melodie. Es sind eigentlich nur einzelne Noten. Die hart angeschlagenen Tasten verleihen dem Ganzen eine dramatisch düstere Atmosphäre. Plötzlich teilt sich die Menge. Ein Mann in rotem Gewand und goldener Maske schreitet durch die entstandene Gasse. In der rechten Hand trägt er einen langen Stab, der bis zum Boden reicht und dem Rhythmus seiner Schritte folgt. Seine Linke hält ein mit einem Eisenring zusammengefaßtes Kettenbündel, an dessen Ende ein mit Weihrauch gefüllter metallener Behälter hängt. Bei jedem Schritt schwenkt er ihn leicht, um den Duft, den er verströmt, im Raum zu verteilen. Ihm folgen in Zweierreihe je vier Frauen und Männer, die ihrerseits silberfarbene Umhänge tragen. Jetzt schreitet der „Rote" die Menge ab, bleibt plötzlich und unvermittelt neben einer weiblichen Teilnehmerin stehen, wendet sich ihr zu und nickt leicht mit dem Kopf. Die Dame erwidert die Geste. Daraufhin übergibt ihr männlicher Begleiter sie nun dem Zeremonienmeister, der sie seinerseits an einen seiner Gehilfen weiterreicht. Die Dame wird zu einem der Sitzkissen geführt, hinter dem sie nun stehen bleibt. Das Ganze wiederholt sich solange, bis alle Positionen hinter den Kissen besetzt sind. Jetzt tritt der Meister in die Mitte des Kreises. Vom Klavier ist jetzt nichts mehr zu hören. Stattdessen erfüllen sphärische Klänge den Raum. Dazu murmelt eine tiefe Männerstimme unverständliches Kauderwelsch. Die Beleuchtung, die vom Weihrauch geschwängerte Luft und die Melodie zaubern eine fast mystische Stimmung. Der „Rote" klopft mit seinem Stab einmal auf den Boden. Auf dieses Kommando hin knien

sich die Auserwählten auf ihr Kissen. Wieder ein Klopfen mit dem Stab. Zwei der acht Damen wenden sich einander zu, beugen sich etwas vor und küssen sich dann zärtlich auf den Mund. Das nächste Klopfen. Die rechte der beiden wiederholt nun das Spiel mit ihrer anderen Nachbarin. So geht es reihum weiter. Nachdem sich die letzten beiden Damen geküßt haben, halten alle Akteure kurz inne. Im Moment ist nur die Musik zu hören. Plötzlich ertönt wieder das trockene „Tock" des Stabes. Die erste der Acht erhebt sich. Eine Frau aus dem Gefolge des Zeremonienmeisters tritt an ihre Seite und führt sie aus dem Kreis heraus. An der gebannt wartenden Menge vorbei wird sie von ihr in den ersten Stock geleitet. Jetzt ist die Nächste dran. Im Gegensatz zur Ersten wird sie die Treppe runter in den Keller geführt. Die Damen werden offensichtlich auf die vorhandenen Zimmer verteilt. Die weibliche Hälfte des Duos auf unserer rechten Seite scheint vom Dargebotenen sehr erregt zu sein. Sie atmet sehr laut. Hin und wieder, wenn ihr Partner an der an ihrem Hals befestigten Kette zieht, hört man ein leichtes Stöhnen. Die Auserwählten sind mittlerweile verschwunden. Sechs wurden nach oben gebracht und die anderen zwei in die unteren Räumlichkeiten. Auf dem gleichen Weg, wie er ihn betreten hat, verläßt jetzt der Meister den Raum. Die Melodie erstirbt. Wir vernehmen unruhiges gedämpftes Gemurmel. Die Menge löst sich auf. Während einige noch unschlüssig herum stehen, haben andere schon den Weg nach oben oder unten eingeschlagen. Wir entscheiden uns zunächst für die untere Etage.
Die beiden Räume hier unten sind nur durch Gitterstäbe getrennt. Sie sind gut gefüllt. Mindestens fünfzehn Paare haben sich eingefunden. Im ersten ist eine der „acht" an

ein Kreuz gebunden. Ihr zur Seite steht einer der Assistenten. Bevor ich sehen kann, was als nächstes passiert, zieht mich meine Frau schon in den zweiten Raum. Hier liegt eine, nur mit einer Federmaske und extrem hohen schwarzen Lackpumps, bekleidete Schönheit auf einem massiven Holztisch. Ihre Hände sind bereits gefesselt und ich glaube unter ihrer Maske sind auch ihre Augen verbunden. Nun tritt ihr silberner Begleiter neben sie, stellt ihre Füße auf und legt ihr eiserne Fußfesseln an. Sie kann sich jetzt kaum noch bewegen. Er zückt eine Reitgerte und streicht ihr mit dem ledernen Ende über Bauch und Brüste. Sie stöhnt. Jetzt ein leichter Schlag auf ihre rechte Brustwarze. Sie stöhnt erneut. Ihr Oberkörper biegt sich vor Lust und Schmerz. Jetzt ist die andere Brust an der Reihe. Alle Blicke sind auf die Schöne und ihren Meister gerichtet. Immer wieder schlägt er auf ihre Brustwarzen ein. Die Schläge sind nicht sehr fest, aber sie genügen, um der Dame jedes Mal einen neuen Schauer durch den Körper zu jagen. Wir sind total gebannt und fasziniert von diesem Schauspiel. Der Zuchtmeister hat nun die Geißelung der Gefesselten eingestellt. Mit einer Hand öffnet er ihren Mund. Dann legt er die Gerte quer hinein. Jetzt soll sie ihn wieder schließen. Er löst nun die Fesseln und hilft ihr, sich aufzurichten. Sie sitzt auf dem Tisch, immer noch mit der Reitgerte im Mund. Ihre Brüste sind leicht gerötet. Die Schläge haben ihre Spuren hinterlassen. Nun geleitet er sie zu einem Stuhl. Es ist eigentlich eher ein Thron. Sie soll sich nach vorne beugen und mit den Händen auf den Armlehnen abstützen. Sie tut, wie ihr geheißen. Die auf den Armlehnen angebrachten Schellen werden geschlossen und verriegelt. Er drückt ihre Beine auseinander. Vorgebeugt mit gespreizten Beinen steht sie nun da. Ihr blanker Hintern wird vom Licht angestrahlt. Hinter uns drückt sich plötzlich ein Paar an uns vorbei. Es sind unsere Nachbarn von oben. Der Mann führt seine Partnerin immer noch an der Kette. Man spürt, wie nervös und aufgekratzt sie ist. Sie nähern sich der Hilflosen. Noch hält er sie an der kurzen Kette. Sie kann das dargebotene Fleisch nicht erreichen. Der Folterknecht hat wieder die Rute in die Hand genommen. Jetzt ist der pralle süße Hintern an der Reihe. Mehrmals hintereinander läßt er das Leder auf die blanke Haut klatschen. Sie zuckt und stöhnt. Wir sind ganz dicht dran und sehen alles aus nächster Nähe. Plötzlich reicht der Meister meiner Frau das Züchtigungsinstrument. Ich fordere sie auf, es zu tun. Noch zögert sie. Es ist ihr erstes Mal. „Na los, mach schon, schlag sie." Zaghaft führt sie den ersten Schlag aus. „Fester!" Der zweite ist nicht mehr so zurückhaltend. Jetzt reagiert auch die Geschundene. Wieder stöhnt sie und läßt in Erwartung des nächsten Schlags lüstern und aufreizend ihren prallen Knackarsch kreisen. Der Herr über die Ketten gibt jetzt seiner hechelnden Sklavin etwas mehr Freiheit. Sofort stürzt sie sich mit unbändigem Verlangen auf ihr Opfer. Sie zwängt sich unter ihr durch und legt ihren Kopf auf der Sitzfläche des Stuhls ab. Ihre Hände greifen grob nach den Brüsten der Wehrlosen. Jetzt bedeckt sie mit wilden Küssen deren Hals. Auf einmal halte ich das Ende der Kette in der Hand. Der Herr über sie hat es mir gegeben. Er nickt mir auffordernd zu. Meine Frau peitscht mittlerweile nicht mehr die süßen Backen der Schönen, sondern hat sich jetzt ihrer empfindlichsten Stelle zugewandt. Mit leichten schnellen Schlägen trommelt sie auf die zarten Schamlippen ein. Eine höchst erregende Situation. Während meine Frau die eine züchtigt, halte ich die Macht über die andere in der Hand. Ich beschließe, sie jetzt zu nutzen. Gerade in dem Moment, als sie sich küssen wollen und sich ihre Gesichter einander zuwenden, verkürze ich die Länge der Kette, so dass die Bewegung der einen abrupt gestoppt wird. Die Lippen können sich nun nicht erreichen. Meine Sklavin kämpft dagegen an. Ich gebe jedoch nicht nach, sondern ziehe nur noch etwas strammer. Sie schaut mich zornig an. Ich halte ihrem Blick stand und ziehe demonstrativ noch ein bisschen mehr an der Kette. Unterwürfig schlägt sie die Augen nieder und senkt den Kopf. Sie gibt sich geschlagen. Für den Moment erkennt sie mich als ihren Herrn und Meister an. Ich gebe ihr ein bisschen mehr Freiheit. Jetzt können sie sich küssen. Sie pressen ihre Lippen gierig aufeinander. Feuchte Zungen umspielen einander. Einen Moment lang genieße ich noch den Anblick, dann habe ich genug und gebe die Kette an den wahren Herrn und Meister zurück. Auch meine Frau reicht jetzt die von ihr ausgiebig genutzte Gerte an den Zuchtmeister weiter. Unsere Lust am neuen Spiel ist vorerst befriedigt. Wir ziehen uns zurück und überlassen den anderen das Feld. Uns treibt es jetzt in das Obergeschoß. Wir sind neugierig, was uns dort erwartet.

Die Auserwählte im ersten Raum ist völlig nackt. Ihre Hände sind mit einem Strick gebunden, der über einen Deckenbalken geführt und hinter ihr an der Wand fixiert ist. Er ist so kurz gewählt, dass ihre Arme senkrecht empor gestreckt werden. Sie trägt keine Maske mehr, nur ihre schwarzen Pumps. Ihre Augen sind mit einem Tuch verbunden. Wie ein Türsteher wartet ihre silberne Aufpasserin unmittelbar vor dem Eingang auf die nächsten Interessenten. Als gerade eben ein Paar den Raum betreten wollte, flüsterte sie ihnen etwas zu. Wir wollen ihnen folgen und auch uns spricht die Dame sogleich an. Ganz leise, kaum hörbar, erklärt sie uns, welche Phantasien die Dame ausleben will. Sie möchte, dass man ihr ganz nahe kommt, sie aber unter keinen Umständen berührt. Unsere Vorgänger spielen dieses Spiel bereits. Er ist nur wenige Zentimeter vom Gesicht der Gefesselten entfernt. Sie muß seine Nähe, seinen Atem spüren. Jetzt umrundet er sie einmal. Man kann sehen, wie sie zittert und keucht. Wir schauen uns an. Der Blick meiner Frau verrät es. Auch sie hatte sich mehr erhofft und so verlassen wir den Raum schon wieder. Im nächsten Zimmer sieht es vielversprechender aus. Hier liegt die Dame auf einer Art Altar. Ihren Umhang trägt auch sie nicht mehr, aber ihren Körper ziert eine lederne Corsage mit Strapsen und den zugehörigen schwarzen Strümpfen. Auch die Federmaske verdeckt noch ihre Augen. Drei Männer haben sich um ihren Kopf gruppiert. Alle haben bereits blank gezogen. Der eine reibt sich selbst. Die beiden anderen werden von ihr mit der Hand verwöhnt. Ich möchte gerne wissen, wie hier die Regeln lauten und so wende ich mich direkt an den Spielleiter. Er raunt uns zu: „Sie möchte, dass auf ihren Körper ejakuliert wird. Es darf aber zu keiner Penetration kommen". Hm, hört sich zwar nicht schlecht an, ist aber auch nicht wirklich prickelnd. Außerdem könnte mein Schatz dabei nur zuschauen. Also ziehen wir weiter. Im nächsten Raum eine ähnliche Konstellation. Hier sind es jedoch vier Herren, die sich mit der Dame vergnügen. Eine Grenze für ihre sexuellen Handlungen scheint es jedoch nicht zu geben. Jedenfalls werden bis auf Tor 3 alle Körperöffnungen bedient. Mein Schatz scheint von der Darbietung ganz angetan und schaut fasziniert zu der Gruppe kopulierender Menschen hinüber. Sie steht jetzt dicht vor mir. Ihr Po reibt sich lüstern kreisend an meiner Mitte. Ich spüre es. Irgend etwas möchte sie haben oder tun, traut sich aber nicht, es mir zu sagen. Also mache ich den ersten Schritt:„Was willst du denn gerne machen, Schatz?" Sie zögert kurz, dann flüstert sie: „Ich will, dass du mir sagst, was ich tun soll!" „Was meinst du damit?" „Sag mir einfach, was ich tun soll und ich werde es tun." „Alles?" „Ja, alles!" Nette Vorstellung. Das gefällt mir. Auch wenn sie mir die freie Wahl läßt, so glaube ich doch zu wissen, was sie wirklich möchte und ich werde ihr den Gefallen tun. Wir haben ja schon oft genug über unsere geheimsten Wünsche gesprochen. Der Gedanke an das, was jetzt kommen wird, erregt mich jetzt schon ungemein. Hoffentlich funktioniert es so, wie ich es mir vorstelle. Ich hole tief Luft und sage dann zu ihr: "Der Kerl geradeaus ... direkt vor dir, ... geh hin, ... mach ihm die Hose auf, ... knie dich vor ihn, ... und blas seinen Schwanz. Tu es einfach ... und tu es ohne ihn anzusprechen." Diesmal zögert sie keine Sekunde und geht auf ihn zu. Jetzt steht sie vor ihm. Ihre Hände greifen nach seinem Gürtel. Sie öffnet ihn und auch den Knopf seiner Hose. Seine Reaktion auf diese unverhoffte Offerte bleibt mir verborgen. Seine Maske verhindert jeglichen Blick auf sein Gesicht. Aber er wehrt sich nicht. Jetzt der Reißverschluss. Sie kniet sich vor ihn. Er hilft ihr und befreit seinen Penis vom Rest seiner Kleidung. Sie umfasst ihn mit der rechten Hand. Schon beim ersten Mal nimmt sie ihn tief in den Mund. Ganz langsam entlässt sie ihn wieder. Umspielt dann mit der Zunge seine prall mit Blut gefüllte Eichel. Ich bin noch immer drei Meter entfernt und beobachte nur. Meine Hose bildet sich zu einem Zeltdach aus. Über das Innenfutter der Hosentasche habe ich die Zeltstange fest im Griff und knete sie ein wenig. Mein Schatz ist ganz auf ihr Gegenüber konzentriert. Jetzt gehe ich auf die beiden zu. Stelle mich direkt hinter meine Frau. Mit beiden Händen fixiere ich ihren Kopf. Schiebe ihn soweit wie möglich dem wartenden Schwanz entgegen. Am tiefsten Punkt halte ich ihn fest. Nun drücke ich noch etwas stärker auf ihren Hinterkopf. Lasse ihn nicht aus der unbeugsamen Umklammerung entkommen. Er ist fast bis zum Anschlag in ihrem Mund. Langsam gebe ich ihn wieder frei. Naß von ihrem Speichel taucht er wieder aus der Tiefe auf. Mittlerweile haben sich ein paar Zuschauer eingefunden. Ich zähle zwei Paare und drei einzelne Männer. Hier bestimme ich die Spielregeln. Ich suche mir einen weiteren Kandidaten heraus und gehe auf ihn zu. „Wie sieht's aus, willst Du sie ficken?" raune ich ihm leise zu. Er nickt. Schnell greife ich in das nächstgelegene Bastkörbchen und fische ein Kondom heraus. Kaum habe ich es ihm gegeben, ist er auch schon bereit. Ich muß den ersten Typen und meine Frau etwas umdirigieren. Sie begreifen schnell, was mir vorschwebt. Er setzt sich auf das nahegelegene Sofa, während sie sich breitbeinig vor ihn hin stellt nach vorn beugt und weiter macht wie bisher. Der Neue zögert nicht lange und schiebt seinen steil aufgerichteten Schwengel von hinten in das wartende Loch. So eine Situation hatten wir schon einmal. Auf der Privatparty bei Britta. Nur halte ich heute die Fäden in der Hand und bestimme den Ablauf. Ich bin überzeugt, dass sie noch einen verträgt. Ich winke einen weiteren Kerl zu mir herüber. Er ist unsicher, zeigt fragend auf sich. Ich nicke. Dann kommt er auf mich zu. „Komm setz dich auf aufs Sofa. Sie wird auch deinen Schwanz blasen!" Wie erwartet, möchte auch er sich dieses Angebot nicht entgehen lassen und entledigt sich seiner Hose. Er hat kaum Platz genommen, da greift schon ihre Hand nach ihm. Immer wieder wechselt sie nun zwischen den beiden. Der von hinten nimmt sie hart ran. Fest in der Hüfte gepackt fickt er sie mit schnellen, druckvollen Stößen. Sie ist sehr erregt, stöhnt und hechelt zwischendurch. Manchmal bekommt sie kaum Luft, wenn der Hintermann sie mit seinen Stößen tief auf den Schwanz des Vordermannes drückt. Ob sie noch mehr verkraften würde? Dann bliebe aber nur die Sandwich Variante. Die will sie nicht, die mag sie nicht. Tor 3 ist tabu. Sie ist kein großer Fan der analen Freuden. Nein, so ist es schon genau richtig. Nummer drei steht gerade auf und steigt wohl aus. Ist er schon gekommen? Kann ich mir eigentlich nicht vorstellen. Solange ist er doch noch gar nicht im Spiel. Keine Ahnung was passiert ist, ich sehe nur dass seine Rübe den Kopf hängen läßt. Ist mir jetzt auch egal, was für ein Problem er hat. Ich werde seinen Platz einnehmen. Mir platzt sowieso fast der Schwanz. Ich setze mich auf den freigewordenen Platz. Meine Frau schaut kurz auf. Diese Rübe kennt sie. Und das Beste, sie ist knackig und frisch. Sie grinst. Ich bin spät eingestiegen und erst am Anfang, während Nummer zwei wohl schon das Ende sieht. Er kommt jetzt scheinbar. Jedenfalls stöhnt er mit geöffnetem Mund, schiebt noch zwei Stöße nach und bleibt dann kurz zitternd stehen. Ich genieße derweil die Zunge und die Lippen meiner Frau. Wir sind jetzt nur noch zu dritt. Der Hintermann hat sich gerade unauffällig und leise zurückgezogen. Er ist schon in der Dunkelheit des angrenzenden Ganges verschwunden. Meinem Schatz fehlt noch der krönende Abschluß, also begebe ich mich auf die Position hinter ihren süßen Po. Sie ist wirklich klitschnaß. Während ich sie ficke, greife ich um sie herum und unterstütze meine Stöße, indem ich mit der Fingerkuppe ihren kleinen süßen Kitzler massiere. Sie zuckt zusammen. Der Startmann müßte doch auch endlich soweit sein. Er hat sich bequem zurückgelehnt, lässt sich bedienen und genießt es in vollen Zügen. Als hätte er meine Gedanken erraten, kommt endlich Bewegung in die Sache. Er hat sich etwas aufgerichtet und flüstert ihr was zu. Bei so was werde ich grundsätzlich immer mißtrauisch. Es nervt mich, wenn ich nicht weiß, was läuft. Ich möchte mich aber jetzt nicht ablenken lassen. Er hat ihr anscheinend nur einen Hinweis gegeben, dass er gleich kommt. Denn sein Schwanz hat ihren Mund bereits verlassen und wird jetzt schnell von ihr gewichst. Ihre Zunge leckt noch mal über die zum bersten angespannt bläulich glänzende Eichel. Sie kommt gerade noch rechtzeitig weg. Ein Strahl Sperma streift ihre Backe. Der zweite Schub geht vorbei und klatscht vor meinen Füßen auf den Boden. Dann ist es auch schon vorüber. Noch mal flüstert er ihr etwas zu, dann entfernt auch er sich dezent. Jetzt sind wir alleine und auch die restlichen Zuschauer haben uns verlassen. Ich ziehe meinen Schwanz aus ihr heraus. Sie ist immer noch nicht gekommen. Sie dreht sich zu mir um. „Komm leg dich hin, ich leck dir dein süßes Fötzchen." Sie lächelt mich an. Sie macht es sich gemütlich und erwartet mich nun mit gespreizten Beinen. Sofort mache ich mich gierig über ihren leckeren Saft her. Im Moment genießt sie es, einfach nur da zu liegen und verwöhnt zu werden. Mein Schwanz juckt und so reibe ich ihn selber. Ich weiß, wo ich sie reizen muß, um sie dem Höhepunkt schnell nahe bringen zu können. Mit ihren Händen drückt sie meinen Kopf auf ihr Fötzchen. Sie bewegt sich hin und her. Hält es kaum noch aus. Und ich auch nicht. Das ist jetzt der letzte Kick, nach diesem ganzen Vorgeplänkel. Ihre Atmung setzt kurz aus. Sie krampft. Heftig pressen ihre Schenkel meinen Kopf zusammen. Irgendwas hat gerade geknackt. Eigentlich müßte es weh tun, aber da ist zuviel Adrenalin im Spiel. Ich spüre keinen Schmerz. Meine Zungenspitze erreicht noch einmal ihre Klitoris. Ein Wischer über das kleine Köpfchen. Ein lautloser Schrei. Für ein Geräusch fehlt ihr die Luft. Das war's! Sie ist gekommen. Ich noch nicht. Ich erhebe mich. Wichse meinen Schwanz wie wild. Steuere auf meinen Höhepunkt zu. Ich bemerke, wie sie wieder zu sich kommt, sich aufrichtet und nach meinem Schwanz greift. Ich komme. Ihr Mund hat sich bereits um ihn geschlossen. Mein Saft rauscht durch ihn hindurch. Schießt ihr tief in den Rachen. Heute läßt sie keinen Tropfen entkommen. Sie schluckt alles, säubert ihn mit der Zunge und entläßt ihn dann mit einem zufriedenen Grinsen. Ich schwebe auf einer Wattewolke. Ich denke, der Abend hat sich für alle Beteiligten gelohnt. Plötzlich schmerzt mein Hals und mein Nacken. Ihre Schenkel haben doch ganz schön fest gedrückt. Von ihr möchte ich noch wissen, warum der eine so plötzlich gegangen ist und was der andere zu ihr gesagt hat. „Also der eine war nie richtig hart. Der war anscheinend zu nervös oder überfordert. Darum halt er wohl aufgegeben. Und der andere hat am Schluss gesagt, dass ich ein geiles Luder bin." Ich muss lachen. „Na damit hat er ja nicht ganz unrecht. Oder was meinst du?!"

BDSM, Fetisch & erotische Phantasien

Wenn man das im letzten Kapitel Gesehene und Erlebte als „Bondage & Discipline, Dominance & Submission, Sadism & Masochism" kurz BDSM bezeichnen kann, dann war das unsere erste außerhäusliche Erfahrung. Zuhause gab's bisher nur Handschellen und Augenbinden aber kein Popo-Hauen. Lust durch Schmerz gibt's bei uns nur in sehr engen Grenzen. Härtere SM-Praktiken fallen nicht in unseren Bereich. Mit der Peitsche treibt mich meine Frau höchstens beim Putzen an. Aber leichte Bondage-Varianten können auch bei uns zu großer Lust und Befriedigung führen. Vor allem mein Schatz liefert sich mir gerne mal aus. Und ich nutze das dann selbstverständlich genüsslich aus! Ich Drecksack :-)

Einen echten Fetisch haben wir nicht, auch wenn mein Schatz im Club schon mal Latex oder Lack trägt und ich ganz besonders auf hohe Hacken geschmückte Frauenbeine stehe. Aber ich krieg auch ohne den High-Heel-Anreiz einen hoch.

Ich glaube die Hardcore BDSMler leben ihre Neigungen eher in speziellen Clubs oder anonymen Zirkeln aus.

Erotische Phantasien hat wohl jeder. Ob MMF, FFM, GangBang oder, für viele Frauen interessant, Black&White. Wenn es gelingt, diese geheimen Wünsche ohne Nachwehen umzusetzen, dann ist es perfekt. Wie immer ist alles erlaubt, was allen Beteiligten gefällt.

Pornokino

Nach ewigem hin- und her und tausend Ausreden haben wir es endlich geschafft, ins Pornokino zu gehen. Natürlich nur aus Recherche-Gründen. So zumindest habe ich es meiner Frau verkauft. In Wirklichkeit war ich einfach neugierig und wollte mal wieder was Anderes erleben. Psst, aber nicht verraten.

Der besagte Besuch hat letzten Freitag stattgefunden. Die Wahl fiel auf ein Pornokino in der großen Stadt, die für ihre Bankhochhäuser bekannt ist. In einem Stadtviertel, in das wir uns sonst nicht verirren würden. Meine Frau würde ich hier jedenfalls nicht alleine herum spazieren lassen.

Ankunftszeit: kurz nach 21Uhr. Der Weg zum Ziel war nicht weit, denn wir hatten Glück gehabt und einen Parkplatz in unmittelbarer Nähe ergattert. Den üblichen Kleidersack hatten wir entgegen normaler Clubbesuche nicht schleppen müssen, denn wir waren bereits fix und fertig eingekleidet. Ich war unter meiner Jeans einfach nackt und meine Süße hatte ihren Strumpfgürtel und die zugehörigen Strümpfe auch schon angelegt. Ihr kurzer karierter Faltenrock verdeckte das einladende Ensemble fast vollständig und nur bei genauem Hinschauen konnte man die Ränder der Strümpfe hervorblitzen sehen.

Laut unserer Recherche sollte sich das eigentliche Kino im hinteren Teil eines Sexshops befinden. Gleich nach dem Eingang erwartete uns - umrahmt von allerlei Sexspielzeug und einschlägigen Magazinen - ein schmaler Kerl mit schütterem Haar und Dauergrinsen hinter seiner Theke. Er begrüßte uns mit einem freundlichen „Guten Abend", dann grinste er auch schon wieder. Wir grüßten zurück und teilten ihm mit, dass wir gerne zwei Tickets fürs Kino kaufen würden. Während er uns die Tickets rüber schob, ließen wir uns von ihm noch bestätigen, dass heute nur hetero Paaren der Zutritt zum Kino gestattet wäre. So stand es nämlich auf der Homepage und wir wollten es ja nicht gleich übertreiben. Ein Kino voller Männer, die gierig auf verirrte unschuldige Paare warten, um sie lüstern zu verschlingen. Nein danke, beim ersten Mal nicht!

Der Spaß sollte 26 Euro kosten, aber wir hatten einen „AW-Rabatt-Gutschein" und so wurde uns für glatte 20 Euro der Eintritt gewährt. Dazu gab es pro Nase wahlweise ein Softgetränk oder einen Prosecco. Wir waren positiv überrascht. Auch wenn der Prosecco noch nicht kalt war und nachgeliefert werden sollte, war das preislich jetzt schon ein Schnäppchen.

Vorbei an Massen von DVD's, Dildos, Handschellen, Peitschen und Gummimuschis führte er uns quer durch den Laden bis zu einem Treppenabgang. Da hinunter sollten wir gehen. Der Eingang zum Kino war mit einem schweren Vorhang zugehängt. Ich schob ihn ein Stück zur Seite und trat ein. Meine Frau zog ich einfach hinter mir her. Wir blieben erst mal stehen und versuchten uns im Halbdunkel zu orientieren. Sehr groß war der Raum nicht. Ich bin mir nicht mehr ganz sicher, aber ich glaube es waren drei Reihen à sechs Sitze plus zwei kleine Sofas und noch ein großes dazu. Die Sofas waren ringsum an den Seitenwänden platziert. Dann, nach einem schmalen Durchgang, gab es noch mal zwei Reihen mit je drei Sitzen. Die Leinwand schätze ich auf drei mal zwei Meter. Der Laden war voll. Zumindest waren keine zwei nebeneinander liegende Plätze frei. Daher blieben wir zunächst im Hintergrund stehen. Die meisten guckten auf die Leinwand und kuschelten oder streichelten sich. Drei oder vier Damen spielten auf der Flöte ihrer männlichen Begleitung. Sonst lief nicht viel. Außer der Film an der Wand. Aber der war unsäglich schlecht. Irgendeine Billigproduktion mit furchtbaren Darstellern und ohne jegliche Handlung. Die anwesenden Damen und Herren waren optisch gesehen jedoch erstaunlich gut. Wir hatten uns auf deutlich Schlechteres eingestellt und wurden nun schon zum zweiten Mal an diesem Abend positiv überrascht. Nur - wie sollten wir an die leckere Beute rankommen? Die guten Plätze waren im Moment leider alle schon besetzt. Aber vielleicht könnten wir die Beute ja dazu bringe, sich dem Jäger zu nähern. Also legten wir unseren Köder aus.

Wir standen jetzt etwa in der Mitte des Raumes an einen verspiegelten Pfosten gelehnt. Gut sichtbar für die meisten im Raum. Und los ging's. Mit einer Hand um ihre Taille und leidenschaftlich küssend lupfte ich das Röckchen meiner Frau. Ich knetete ihre Pobacken, spielte an den Haltern ihres Strumpfgürtels und fuhr mit dem Finger in ihren Schritt. Schon jetzt war sie sehr erregt, was der feuchte Film auf meinem Finger bewies. Langsam wurde mir warm. Mein Finger drang in sie ein. Sie war wirklich extrem naß. Rhythmisch begann ich nun ihr Loch zu stopfen. Ihr Unterleib kreiste wollüstig während sie sich, ihren Oberkörper eng an mich gepreßt, an mir fest hielt. Dabei stöhnte sie aufreizend in mein Ohr. Sofort stellte sich ein Jucken und Kribbeln in meinem Schwanz ein. Ich wurde immer unruhiger und stieß immer härter und grober zu. Plötzlich drückte sie sich ein wenig von mir weg. Ihre Hand steuerte auf die länglich ausgebeutelte Stelle meiner Hose zu. Als sie ihr Ziel erreicht hatte, begann sie sofort hart daran zu reiben. Ich spürte ihre Gier nach meinem Schwanz. Jetzt küßte sie mich wieder hemmungslos. Sie war im Begriff mich zu verschlingen. Unsere Zungen kreisten wild umeinander. Sie hatte sich nun etwas seitlich gedreht, ihr Becken nach vorne gereckt und flehte mich an:„Bitte hör nicht auf. Besorg's mir richtig hart!" Keine Sekunde später hatte ich zwei weitere Finger in ihr Loch gesteckt. Jetzt geriet sie richtig in Ekstase. Ihr Unterleib zuckte nun wie verrückt und drängte sich meinen Fingern immer lustvoller entgegen. Der Saft floß ihr förmlich aus der glühenden Fotze. Hektisch versuchte sie jetzt, an meinen blanken Riemen heran zu kommen. Vor lauter Aufregung bekam sie aber den Knopf meiner Hose nicht auf und so mußte meine freie Hand ihr Hilfestellung leisten. Jetzt gab es kein Halten mehr. Sie hielt es scheinbar kaum noch aus und wichste meinen Schwengel in rekordverdächtigem Tempo. Die Menschen um uns herum nahm sie nicht mehr wahr. Ich jedoch hatte längst registriert, das wenigstens die Hälfte der Augenpaare auf uns gerichtet waren. Ich konnte mir ein zufriedenes Grinsen nicht verkneifen. Plötzlich beugte sie sich nach vorne und stülpte ihren Mund über meinen prallen Schwengel. Oh tat das gut. Blasen ist nun mal ihre Spezialität. Auch diese Arbeit verrichtete sie mit unverminderter Geschwindigkeit. Als sie sich vorgebeugt hatte, war ihr geiles Loch meinen Fingern entglitten. Doch schnell hatte ich den Eingang wieder gefunden. Jetzt allerdings am süßen Arsch vorbei von hinten. Je stärker sie mich mit ihrem Mund fickte, desto härter stieß ich zu. Die Grobheit, mit der ich sie bearbeitete, schien sie nur noch mehr anzuheizen. Wenn sie nicht gleich aufhören würde, würde ich abspritzen. Doch ohne Vorankündigung, urplötzlich von einer auf die andere Sekunde, kam sie. Sie hatte gerade den Mund voll und so war es eher ein Gurgeln, das zu vernehmen war. Aber sie war eindeutig gekommen. Ich spürte die Kontraktionen ihres Fötzchens

Schnell nutzte ich den Moment und entzog mich ihrem Zugriff. Ich hatte ja noch was vor und wollte nicht, dass es schon vorbei wäre. Meine Frau erhob sich und lehnte sich noch keuchend und erschöpft an meine Schulter. Ich war schon wieder hellwach und stellte mir nun die Frage, ob die Beute den Köder geschluckt hatte. Unauffällig blickte ich in die Runde. Bei wem sollten wir es versuchen? Das Pärchen drei Meter links auf dem Sofa gefiel mir. Und sie hatten die ganze Zeit zu uns rüber geschielt. Vor allem die blonde Dame sah in ihrem Netz-Catsuit sehr knackig und sexy aus. Vor den beiden war eine kleine Lücke. Danach kam eine der beiden 3-Stuhl-Reihen, auf der ein anderes Pärchen lümmelte. Auch diese zwei waren recht ansprechend. Die süße Schnecke steckte in schwarzer Korsage, Strapsen und Stiefeln. Ich entschied mich für die goldene Mitte. Bevor Tina widersprechen konnte, schob ich sie in die anvisierte Lücke zwischen die beiden Schnuckelhäschen und drückte ihren Oberkörper nach vorne, so dass er auf der Rückenlehne des freien Sessels zum Liegen kam. Einen Augenblick später war ich in ihr. Leider war meine Rübe nicht mehr ganz so fest. Das Nachdenken über den weiteren Fortgang hatte mir ein wenig Spannung genommen.

Ein in letzter Zeit etwas häufiger vorkommendes Ärgernis. Ich ließ mich zu oft zu schnell ablenken. Und ich dachte immer, mit zunehmendem Alter wird man ruhiger und gelassener. Ich bin ja immerhin schon zweiundvierzig.

Jedoch, nachdem die Blondine die erste Reaktion gezeigt hatte, indem sie sich uns Stück für Stück näherte, ging es mir und meinem kleinen Freund schon wieder besser. Meine Hübsche und die Fremde waren sich jetzt schon sehr nah und wenige Augenblicke später trafen sich die Hände der beiden Damen auf der Oberkante der Rückenlehne. Die andere hatte es sich rittlings auf ihrem Partner bequem gemacht und schaute interessiert zu. Wie immer erregte es mich sehr, als die beiden sich zu streicheln und zu küssen begannen. Ich war jetzt wieder voll im Spiel und versenkte meinen Lümmel tief bis an die Grenzen des Innersten meiner Frau. Meine Erregungskurve stieg steil an, in Erwartung dessen, was noch folgen könnte. Es vergingen ein paar Minuten. Ich fickte artig weiter und wartete auf den nächsten Schritt. Aber es kam nichts mehr. Außer ich in meiner Frau. Und das eher halbherzig. Es war mehr ein Fließen als eine Explosion. Die Blondine und Tina hatten sich nur gestreichelt und geküßt und die andere hatte, außer ein oder zwei Mal kurz rüber zu fassen, nur geguckt.

Entschuldigen Sie, falls ich Ihnen gerade ihren Erotik-Kopfkino-Film zerstört habe, aber mir ging es nicht besser. Was soll ich machen. Ich will ja bei der Wahrheit bleiben. Mein Tipp: Blättern Sie einfach drei Seiten zurück und lesen das Ganze noch mal. Vielleicht bekommen sie ja noch ihr persönliches Finale.

Meine Frau ist übrigens ein zweites Mal gekommen. Ihr hat's scheinbar gefallen.

Ich sollte nicht vergessen zu erwähnen, dass es noch einen kleinen zusätzlichen Raum gab mit einer Art Gynäkologenstuhl, jedoch ohne Leinwand. Den hatten wir erst entdeckt, als ich nach unserem Tête-à-tête mal für kleine Jungs mußte. Dort kam es auch zur Kopulation im herkömmlichen Sinne. Was hingegen während unseres Aufenthaltes im Kinoraum nicht zu beobachten war.

Fazit: Wenn es in der Regel so abläuft, wie wir es erlebt haben, dann ist der Besuch eines Pornokinos für Anfänger und Soft-Paare eine preisgünstige Möglichkeit, ihren sexuellen Horizont mit anderen Menschen zu erweitern. Und es ist keineswegs so schmuddelig wie wir es erwartet hätten.

Topf & Deckel

So liebe Leserinnen und Leser, das Ende naht. Das soll nun das vorerst letzte Kapitel in meinem noch so jungen Schriftsteller-Leben werden. Schnief.

Eine Sache würde mich noch interessieren. Ich frage mich manchmal, wie uns andere Paare sehen. Im optischen wie auch im „funktionellen" Sinn. Über Geschmack lässt sich bekanntlich ja nicht streiten, trotzdem hat jeder so seine Präferenzen, die notwendig sind, damit der Deckel auf den Topf passt. Den Deckel fürs Leben habe ich längst gefunden und wenn ich mich nicht täusche, meine Frau ihren Topf auch. Aber bei unseren erotischen außerhäuslichen Aktivitäten gestaltet sich das zuweilen etwas schwierig. Möglicherweise liegt das an unseren hohen Ansprüchen, was das Erscheinungsbild unserer Wunschpartner betrifft oder dass wir nicht den Vorstellungen der Paare entsprechen, die wir uns wünschen. Alles verstanden?

Selbst wenn die optische und die Sympathie-Hürde von beiden Seiten genommen wurde, ist man ja noch nicht zwangsläufig im gelobten Land der sexuellen Offenbarung. Erst nach Beginn der Kampfhandlung kommt die Wahrheit auf den Tisch und es zeigt sich, wer von Tuten und Blasen eine Ahnung hat. Da gibt's schon mal die eine oder andere faustdicke Überraschung. Beispielsweise dann, wenn die augenscheinliche „Domina" den Obelisken der Freude so vorsichtig behandelt, dass man meint, dass nur ein zarter Windhauch seine Spitze umspielt und nicht Zunge und Lippen einer heißblütigen Frau.

Ich würde sagen, meine Frau und ich gehören zur mittelharten Fraktion. Bei uns muss schon was passieren damit wir nicht einschlafen. Aber auf Popohauen, Nippelzwicken oder allzu aggressives Verhalten stehen wir nicht. Auch brauche ich keine Demonstration der Saugkraft weiblicher Lippen. Eine kleine süße Wilde hat sich beim Blasen mal so stark ins Zeug gelegt, als wäre es ihr Ziel, einen Golfball durch nen Gartenschlauch zu saugen. Ich habe dann versucht, sie dezent zu dirigieren. Trotzdem hatte ich danach einen Knutschfleck am Schwanz. Aber was lästere ich eigentlich. Vielleicht geht es unseren Sexpartnern ja genauso. Laut meinem Schatz bin ich ein Virtuose mit der Zunge. Dumm nur, wenn sie die Einzige ist, die das so sieht. Na, so schlimm wird's hoffentlich nicht sein. Wenn die Damen aus reiner Höflichkeit nicht alle gelogen haben, dann waren zumindest ein paar von ihnen ganz zufrieden. Eigentlich ist es auch müßig, sich den Kopf darüber zu zermartern. Wir sind wie wir sind - und für alle anderen gilt das gleiche. Es gehört nun mal ein wenig Glück dazu, dass Topf und Deckel sich finden.

Schluß

Wenn Sie es bis hier hin geschafft und nichts ausgelassen haben, dann danke ich Ihnen ganz herzlich und beglückwünsche Sie gleichzeitig zu Ihrem außerordentlichen Durchhaltevermögen.

Tja, was soll ich noch sagen? Vielleicht, dass ich gerne einen eigenen Club eröffnen würde. Mir aber - wie Sie bereits mitbekommen haben – das nötige Kleingeld dazu fehlt. Ich hätte tausend Ideen und ein auch komplettes Konzept. Wenn also einer von Ihnen schlappe hundertfünfzigtausend Euro unterm Kopfkissen hat oder zum Beispiel ein kleines Hotel sein eigen nennt, dann kann er sich gerne bei mir melden. Dazu noch ein bißchen Kohle von der Bank und die Sache ist geritzt. Je mehr Knete zur Verfügung steht, desto besser natürlich.

Das wäre auch mal was für ein Buch: „Erstellung und Betrieb eines Swingerclubs". Der Titel ist sicher noch verbesserungsfähig.

Kontaktieren können Sie mich übrigens über meine Website:

www.swinger-clubs-und-ich.de

Dort können Sie mich auch beschimpfen, Fragen stellen oder einen Blogeintrag erstellen.

So das war's jetzt endgültig ... vielleicht sieht man sich ja mal in einem Club?!

„Liebe sucht Nähe, Erotik Fremdheit."

„Swinger sind Menschen die Dinge tun von
denen andere Menschen nur träumen."